M.-nek

„*-Illúzió... Illúzió*
Megrázta a fejét, mintha el akarna magától valamit hessegetni...
Arra gondolt, hogy most hozzák a filmet Zuglóból vagy Wekerle telepről,
Weiser bácsi hozza biciklin, és lehet, hogy a második részt megint ottfelejti."

Mándy Iván

Hajdu Tibor

ALOMA
- avagy egy öreg mozigépész feljegyzései

Hajdu Tibor
ALOMA
- avagy egy öreg mozigépész feljegyzései

Köszönet Bodzsár Erzsébetnek segítő tanácsaiért.
A borítóterv Artistocrat,
M.
és Szécsényi Márta munkája.
A fényképeket a mozigépész albumából
Bogdán Károly szerkesztette.

AuthorHouse™ UK
1663 Liberty Drive
Bloomington, IN 47403 USA
www.authorhouse.co.uk
Phone: 0800.197.4150

© 2014 Tibor Hajdu. All rights reserved.

No part of this book may be reproduced, stored in a retrieval system, or transmitted by any means without the written permission of the author.

Published by AuthorHouse 11/04/2014

ISBN: 978-1-4969-9583-4 (sc)
ISBN: 978-1-4969-9584-1 (e)

Any people depicted in stock imagery provided by Thinkstock are models, and such images are being used for illustrative purposes only.
Certain stock imagery © Thinkstock.

This book is printed on acid-free paper.

Because of the dynamic nature of the Internet, any web addresses or links contained in this book may have changed since publication and may no longer be valid. The views expressed in this work are solely those of the author and do not necessarily reflect the views of the publisher, and the publisher hereby disclaims any responsibility for them.

Aloma - avagy egy öreg mozigépész feljegyzései

Rég véget ért az előadás. A függönyt korábban leengedte, még a gépteremből, egy gombnyomással. Ne porosodjon a vászon. A vészkijáratokat az előbb zárta be, visszafele ballagott az emelkedő széksorok mellett. A nézőtér legmagasabb pontjánál megállt. Az utolsó sor. A szerelmes pároké. Szélén a két tűzoltó ülés. Megfordult, hogy még egy utolsó pillantást vessen a teremre. Rutinból. Meg babonából. Ejnye, mi ez? Mozog a függöny. Talán a huzat. Valami kibújik alóla. Egy feketeség. Macska? Elképesztők ezek a nézők! A múltkor egy vadászgörényt akartak behozni. Nem. Ez valakinek a lába. Ki van ott? Fekete öltönyös alak mászik ki a függöny mögül. Aztán mégegy. Aztán mégegy. Túl öreg ahhoz, hogy megijedjen. De ilyen még nem történt vele. Megkövülten áll. Röhögés. Egyszerre a hangok, mozdulatok ismerőssé válnak. De a körvonalak homályosak. Aztán eltűnik a látomás. A fejéhez kap. Szélütés? Kezét lábát megmozgatja. Kutya bajom. Csak megőrültem? Mégegyszer visszanéz. A függöny még mindig mozog. Visszatántorog az előtérbe. A mozi üres. Rég elment az utolsó néző, a pénztárosnő, a büfés. Neki nincs hova mennie. Felkaptat a lépcsőn - az egykori páholy lépcsőjén - a gépházhoz. A filmeket már áttekercselte. Kipillant a kémlelőnyíláson. A függöny már nem mozog. Még egy gombnyomás, és a nézőteremre sötétség borul. A kétely belételepedett. Újra felkapcsolta a nézőtér világítását. Kikukkantott a kémlelőnyíláson. Semmi. Csak az üres széksorok. Hadd égjen még a lámpa. A kétely megmaradt. Nem abban kételkedett, rablók vannak-e a moziban. Saját magában. Ép eszében. Olyan, mint egy rossz film, gondolta. Most az előtérben csattant fel a nevetés. Kilépett a vetítőterem nyitott ajtaján. Odalentről léptek koppanása, csoszogás, újabb nevetés. Óvatosan lepillantott a karzatról. Ugyanaz a három figura. Egyikükön cilinder. Felnéz, megemeli a kalapját. A másik kettő a térdét verdesve hahotázik az előcsarnok székein ülve. Mostmár felismeri mind a hármat. Mars vissza! Kiált rájuk. Semmi dolgotok itt. A látomás újra eltűnik. Újra a fejéhez kap. Csinálnom kell valamit, be ne golyózzak. Most az öltözőbe lép, ami közvetlenül a gépház mellett nyílik. Van egy kis rendetlenség. Durkálni kezd egy

5

fémszekrényben, majd előhúz egy spirálfüzetet. Megsimítja kemény, márvány mintázatú borítóját, a lépcső felé indul. Ahogy lefelé halad az előtérbe, fokról fokra, mintha az időben is visszafelé haladna. Egy egy lépcsőfok: két, három év. Az előcsarnok üres. A bezárt, elfüggönyözött pénztárablak. A fal mellett fotelsor. A falakon plakátok. A túloldalon büfé kukoricapattogtató géppel. Leül az egyik fotelba. Kinyitja a spirálfüzetet. A fejét vakarja, és nagyot sóhajt.

Június 19.
Hogy is kezdjem? Szóval.

Utoljára kamasz koromban követtem el ilyesmit: első szerelmem megkért, hogy írjak valamit az emlékkönyvébe. Szóval megkért, és én rögtön egy verset fabrikáltam, mintha az a világ legtermészetesebb dolga lenne. Még most is emlékszem rá: „Ne hidd, hogy a jövőd a jelennél szebb legyen, mert az ifjúság édes álmát nem pótolja semmisem." Megkérdezte, hogy ki írta ezt a verset, és nagyon elcsodálkozott, amikor megmondtam, hogy én. –Komolyan? Ugratsz! Belőled költő lesz. - valami ilyesmit mondott. Én pedig nagyon megörültem a szavainak, aztán zavarba jöttem, és biztos el is pirultam, mert akkoriban még elég félénk voltam a nőkkel szemben. De azóta eltelt több, mint fél évszázad, és számlákon, átvételi elismervényeken, meg egy-két levélen kívül nem írtam semmit, a nőktől pedig már nem félek, csak tartok. Ha valaha művészettel szándékoztam foglalkozni, az nem az írásművészet volt, hanem a film. Pályám elején azzal a gondolattal kacérkodtam, hogy operatőr leszek. De abból sem lett semmi. Lettem helyette mozigépész. Mára öreg, magányos, otthontalan mozigépész. Nem akarom sajnáltatni magam. De ezek tények. Nincsenek már művészi ambícióim sem. Amit szeretnék, az egy lakás, és szűkös nyugdíjamnál kicsit biztosabb megélhetés. Hogy ne kelljen hetvennégy évesen is dolgoznom. Mert munkám, ami évekig, évtizedekig öröm, és szenvedély volt, fokozatosan robottá vált számomra – azt hiszem, vannak ezzel így mások is –, és már nagyon jól meglennék nélküle. Rá kellett jönnöm, ez is ugyanolyan mesterség, mint a többi. De most már, ez után a bevezetés után valahogy el kellene kezdeni az írást, még, ha nem is vagyok a szavak és a „tollak" embere. „Csend és sötétség borul az ipartestület öreg mozi épületére." Hát ez megvan. Az első mondat. Tűrhető. Bár egy kicsit komorra sikeredett. Mint egy Arany ballada „A radványi sötét erdőben...". De hát tényleg elég komor is ez az épület ebben a késői órában, ha tetemek nem is heverésznek benne. Lássuk a következőt: „Immár három hónapja, hogy ideköltöztem, a város egyetlen, és utolsó épségben maradt filmszínházába, munkahelyemre." Ez meg kicsit hosszúra sikeredett, ha úgy veszem, három mondatot préseltem egybe. Sebaj. Annál jobb. Fog ez menni. „Éjfél van, rég vége az előadásnak. És elvégeztem a vetítés utáni teendőket is. Bezártam a vészkijáratokat, áttekerceltem a filmeket. Elment Gyula is, a büfésfiú. Kikísértem a kapuig, váltottunk néhány szót, utána kiültem a mozi előtti padra hűsölni a nappal szinte elviselhetetlen hősége után. Aztán azt is meguntam. Visszasétáltam az előcsarnokba, majd felkaptattam a gépházhoz, és hirtelen elbizonytalanodtam, bezártam-e a vészkijáratokat. Visszamentem a nézőtérre, és kiderült, jogosan kételkedtem. Az ajtók be voltak csukva, de nem zártam be őket. Aztán kétszer rámtört az a bizonyos látomás. Ekkor eldöntöttem, le kell kötnöm magam valamivel. Hát előkerestem azt a füzetet és tollat, melyeket napokkal ezelőtt vásároltam az íráshoz. Évek óta küszködöm az álmatlansággal, de itt, ebben a környezetben jutott csak eszembe, hogy írással töltsem ki az üres, unalmas éjszakai órákat. Most, hogy már nemcsak munkahelyem, hanem lakásom, (ha otthonom nem is) lett ez az épület, azt veszem észre, hogy minden szöglete, minden lépcsőfoka, a pincétől a padlásig minden zuga rég elfelejtett emlékeket ébreszt bennem. Olyan emlékeket, melyeknek felbukkanására már nem is számítottam. Váratlanul, mintegy alattomban előlopakodó emlékeket. Néha csak egy futó képet, egy esős délután hangulatát (az esős időt már akkor is jobban szerettem), egy nevetést. Elsuhanó filmkockákat a múltamból. Néha ezek a „filmkockák" ijesztően elevenek, mint az előbb is. Ilyen hatással van rám ez az „élettársi viszony" a mozival. (Ha nőneműnek fogom fel, és szerintem az). Ha belegondolok,

7

nem is csoda. Hiszen életem első mozifilmjét is ebben az épületben láttam. Amit aztán több száz, ha nem több ezer követett. Itt érintett meg a mozi csodája, mint egy varázspálca. És itt kezdtem megismerkedni a filmes szakma kulisszatitkaival.

A zsúfolásig telt teremben csaknem teljes volt a sötétség. A kisfiú anyja ölében ült, köröttük minden oldalról emberek, mocorgók, hangoskodók, csámcsogók, kölni-, izzadság-, trágya- és füstszagúak. A nézők alaktalan, mocorgó tömege felett egy kúp alakú fénysáv pergett, gomolygott, vibrált, mely a terem egyik végén egy kis ablakból bújt ki, mint szellem a palackból, szinte pontszerűen, aztán szélesedni kezdett, és a terem másik végébe érve annyira kiterjedt, hogy az egész falat bevilágította. Azon a falon - a vetítővásznon - életre kelt. Emberek, utcák, tengerek, virágok nőttek ki belőle tarka forgatagban. De a kisfiú csak a fénykúpot nézte, ami ott villózott felettük, ahogy kitódult azon a titokzatos kis nyíláson, örvénylett, kavargott, növekedett. Benne mindenféle porszemek röpdöstek. Talán egy-egy légy és molypille is. Fejét hol előre, a filmvászon felé, hol hátrafordította a vetítőablak irányába. Aztán követte útját, mintha a tejútat kémlelné. Anyja időnként rászólt, ne mocorogjon már annyit. Aztán vége lett a filmnek, világos lett a teremben. Végre megnézhette a terem két végét : a kis ablakot és szemben a vásznat. És hazafele menet fel-fel tekintett a csillagos égboltra is, miközben anyja kézenfogva maga után húzta. Honnan jött az a fény, milyen titokzatos varázsbarlangból? És hogy alakult át annyi mindenné? Emberekké, autókká, fákká, virágokká? Épületekké. Ilyen kérdések motoszkáltak a fejében, és boldog izgalmat érzett. Szeretett volna bejutni abba a varázsbarlangba.

Csak magamnak rovom ezeket a sorokat, ha lesz hozzá kitartásom, talán megtelik a füzet . Forró nap volt ma. Még most, éjfélkor is alig enyhült valamit a levegő. Az ipartestület (munkaadóm) ismételt kérésemre, sőt könyörgésemre sem hajlandó beszereltetni néhány klímaberendezést. Legalább a nézőtérre és a gépházba. Nem is csoda, hogy még akkora közönség sincs, mint máskor.

Ki bolond önként beülni egy katlanba. És még fizetni is érte? A gépházba sem csak magam miatt kérem, hanem a gépek miatt is. Nincs rá pénz, mondják. Ha valamelyik masina tönkremegy a melegtől, akkor megnézhetik magukat. Micsoda rövidlátás. Én is nehezen viselem a hőséget, de magamat kevésbé féltem. Még egészséges vagyok. És az élet megedzett. Itt lenn, az előcsarnokban, ahol most vagyok, a legelviselhetőbb a levegő. Van egy kis légmozgás is, kinyitottam az ablakokat. Fent a „szobámban" úgy érezném magam, mint a szaunában. A gépház melletti öltözőt nevezem szobámnak. Egy többrekeszes fémszekrény és egy ágy minden berendezése. Biztos a pincében van a leghűvösebb. Oda viszont nincs kedvem lemenni, mióta szétszedték a berendezését. Valaha tekepálya volt ott. Nem kesergek tovább, mert akkor panaszkönyv lesz a feljegyzésekből.

„Egy öreg mozigépész panaszai". Címnek ez sem lenne rossz. Vagy egy öreg mozigépész viselt dolgai (res gesta). Öreg mozigépész barátom - vagy ahogy a gyerekek szólítják, a mozisbácsi - tehát nemrég beköltözött munkahelyére, az ipartestület még nála is öregebb mozi-épületébe. Olyan észrevétlenül tette, hogy nem is jöttem volna rá, ha egy nap néhány, az emeleti galéria előkelő asztalain megjelenő oda nem illő tárgy – egy repedezett zománcú fazék, kenyérmorzsa, paprikás zsírtól virító tányér, evőeszközök, ízeire szedett mosatlan ételhordó - el nem árulják. Feljegyzéseiről sem beszélt, sőt, ha rajta múlt volna, az egész füzet megsemmisül. De a szerencse kezemre játszotta. Erről meg ő nem tud. És áldom a sorsot, hogy így történt, mert olyan dolgokat ír a moziról, amire rajta kívül a városban talán senki nem emlékszik.

Az előbb azt írtam, ez a város egyetlen, és utolsó épségben maradt filmszínháza. És mi van a többivel? Valaha négy volt. Ezt is beleszámítva. A legelső, az Urania, melyet én sem ismertem, és mely már csak a város öregjeinek emlékezetében élt, (akik akkor voltak öregek, mikor én siheder) a bíróság komor épületével szemben állt, de hamar leégett.

9

Valószínűleg ez is fából, a marosi faúsztatás miatt a város legolcsóbb építőanyagából épült, mint az egykori városi színház. Nem várták meg, hogy a faszínház is leégjen, hanem tűzveszélyessége miatt lebontották valamikor a harmincas években. *Etel néni fotóalbumában találtunk is róla néhány képet, azokon vadregényes épületnek látszik, kis tornyokkal, padlásszobákkal, magas kéményekkel: titokzatos, mint egy kísértetkastély. (Valójában a város legolcsóbb építőanyaga a vályog volt, amiből az egyszerű parasztházak többségét tapasztották, de egy színház mégsem épülhet sárból).*

A tűzeset a filmjátszásnak abban a korai és hősi korszakában történt, amikor még csak fekete-fehér némafilmeket vetítettek. Akkoriban a rendkívül gyúlékony nitrocellulóz film és az állandóan szikrákat frecsegő szénelektródák veszélyes kombinációja folytonos tűzveszéllyel fenyegette a vetítőtermeket, és ezzel az egész mozgókép-színházat. Jó néhány mozinak le kellett ahhoz égnie a világon, hogy erre rájöjjenek. Nem is csoda, hogy a későbbi mozi-építések fő szempontja a tűzvédelem lett, a gépházat valóságos tűz- és robbanás-biztos fém és beton-bunkerré alakították vasajtókkal és hőhatásra automatikusan lecsapódó kabinablakokkal. A mozigépész pedig legalább annyira érezhette magát tűzoltónak is, mint filmesnek, olyan alapos tűzrendészeti és tűszerészi képzést kapott.

Később a filmek hangosakká váltak, sőt színesekké, de a tűzveszély még sokáig kísértett. A második, a Dózsa tulajdonképpen egy tácteremből lett alkalmi mozivá alakítva megtartva eredeti funkcióját is, mígnem épületét lebontották a kommunista városvezetés múlttaroló őrületében az egész főtéri házsorral és a zsidótemplommal együtt. A zsinagóga helyére párthazat és munkásőrlaktanyát, a lebontott mozi helyére, mely a hozzá tartozó festői épületsorral a városközpont jellegzetessége volt és az egykori vármegyei székhely virágkorának hangulatát tükrözte, szürke és arctalan szocreál házsort emeltek. A csipkesort. Így becézték, mert volt rajta néhány kőrács, ami egyáltalán nem hasonlított csipkére. Úgyhogy inkább gúnynévnek hatott.

Pedig a régi főtér hangulata országos hírűvé vált irodalmi nagyságok ihletője volt, akik kávéházi teraszain üldögélve, elmerengve itt kezdték a tollforgató szakmát. Soha nem tudom megbocsátani a városi „elvtársaknak" azt a tarolást, amit véghezvittek. Mennyivel más atmoszférája volt annak a „régi" városnak, amibe beleszülettem. A harmadik mozi még néhány éve a „fordulat éve" előtt az elcsépelt Szabadság nevet viselte. (minden városban volt egy Szabadság és egy Vörös csillag, esetleg egy Béke mozi). De eredeti neve Korzó. (Az is volt minden városban, csak kicsit korábban). Sokáig üzemelt párhuzamosan a mostanival, de nemrég az önkormányzati vagyon körüli privatizációs csatározásoknak esett áldozatul: épülete megmenekült, de a mozi helyén most kaszinó üzemel. A „Korzó kaszinó".

Gyermekkoromban szombat délutánonként izgalmas perceket éltünk át, amikor azon tanakodtunk, hogy melyik moziban jobb a műsor, és, vajon kapunk-e még jegyet. Ha nem tudtuk eldönteni, először a Vörös csillagba mentünk, mert ott negyed órával hamarabb kezdtek. Ha nem jött össze, rohanás a Szabadságba. Hányszor tettük meg öcsémmel futva a utat, és estünk be izzadtan, lihegve a pénztárba: lehet még jegyet kapni? Hányszor megtörtént, hogy indiánfilmről lemaradva beértük egy háborús orosz, vagy történelmi magyar filmmel. Abban a reményben, hátha legalább vetkőzős jelenet lesz benne.

Maradt tehát ez az egyetlen mozi a városnak, a Páger mozi, (egykor Vörös csillag) és úgy tűnik, bőven elég, sőt néha, még sok is: hetek telnek el úgy, hogy alig van valami közönségünk. Hol vannak már a pénztár előtt kígyózó sorok, a „kapunk-e jegyet" és a becsöngetések izgalma. Ebben az „egyszál" moziban már ritkán van telthá z. Ilyen nézőszámmal lassan csődbe megyünk. Pedig a mozinak csak három alkalmazottja van. Én, mint mozigépész, Gyula a büfésfiú, és Klárika, a „főnökasszony és pénztáros" egy személyben. Ők csak Feri bácsinak szólítanak, míg idősebb, volt munkatársaim és ipartestületi feletteseim gépész úrnak. (azelőtt hosszú ideig gépész elvtárs voltam). És, hogy, hogy kerültem ide? Hát bizony ennek hosszú története van.

11

Még szerencse, hogy egy-két régi épület – a bérpalota, a régi és új városháza, a Korona szálló, a gimnázium, a posta – megmaradt a régi városból. Akárcsak a mozi és környéke. Mint az majd később a feljegyzésekből is kiderül, a mozival szemközt lakom, így, ha nem barátnémmal vagy zenésztársaival töltöm az estét, gyakran átsétálok, még akkor is, ha a film nem érdekel. És általában ez a helyzet. Felkaptatok a gépházhoz vezető lépcsőn, benyitok a tűzbiztos, piszkosfehér vasajtón, melyen piros betűkkel az okafogyott „Tűzveszély, idegeneknek belépni tilos!" felirat emlékeztet a tűzveszélyes időkre. A gépházba lépve megkeresem az öreget a testes vetítőgépek labirintusában, és váltunk néhány szót. Néha megmérem a vérnyomását, felírok neki valami gyógyszert. Mert eredeti és kenyérkereső szakmám az orvoslás. A zene, mely barátnémmal is összehozott, csak „haszontalan" szenvedély. Szomszédom, Etel néni ugyancsak a mozival szemben, egy hatalmas, tízszobás sarokházban lakik. Itt ismertük meg egymást Etel néni zongoraóráin, ahol először hallottam barátnémat játszani. Azok a Bach fúgák, melyekkel én hónapokig kínlódtam, neki csak egy iskoladarabot jelentettek. Ujjai olyan könnyedén (leggiero) és szabadon röpködtek a billentyűkön, mint a nektárillattól nekivadult pillangók. Pedig akkor még csak tizenhat éves volt. Tudtam, hogy én erre a szintre sohasem jutok el. És ettől istennővé nőtt a szememben. Így kezdődött szerelmünk, illetve eleinte csak az én egyoldalú szívfájdalmam. Mert akkor még barátném nemcsak kiskorú, de lelkében is ártatlan kislány volt. Csak a zenének és tanulásnak élt, és kevés szabad idejében hajasbabáival játszott. Mint utólag beismerte, a zongoraszék okozta váratlan orgazmusokat –melyek néha, de nem mindig egybeestek a darab csúcspontjával- nem tudta mire vélni. Tagadhatatlan, hogy az új, ismeretlen élmény további gyakorlásra sarkallta, így hozzájárult zenei fejlődéséhez. Mígnem egyszer..., de erről majd később. Etel néni is sokat beszélt nekem arról a régi városról és arról a régi világról, melyet az öreg a feljegyzéseiben említ. Naftalinszagú fiókokból régi fényképalbumokat bányászott elő. Bátyja, az egykori városi főépítész hivatásszerűen megörökítette a város tereit, utcáit fotómasinájával. Ezek a képek - családi fotók közt - egy régi világot tártak elém. Azóta „eltűnt" épületekről, házsorokról.

Láttam az immár csak fényképen és a város emlékezetében létező zsidótemplomot, a (tűzveszélyes) faszínházat, ahol nagyapám súgó volt, és azt a valóban festői házsort, ahol a táncteremből átalakított Dózsa mozi is működött. Ezek természetesen fekete-fehér fotográfiák. Emlékszem, az egyiken még telefon és villanyvezetékek is látszanak, rajta varjak ülnek, akik jól beleilleszkednek ebbe a fekete-fehér fotókörnyezetbe. És ettől - a varjak látványától, szinte megelevenedett a kép. Hallottam károgásukat a reggeli csöndben, és vártam, mikor lebbennek fel a vezetékről. Azóta Etel néni - sajnos - elköltözött közülünk, háza lakatlanul, és gazdátlanul áll a város és a püspökség közti végeérhetetlen tulajdonjogi pereskedés, valamint a penész és az egér- és patkányfalkák prédájaként. Végrendeletében meghagyta, hogy az épület a művészetek háza legyen. De ezt a funkcióját majd csak akkor tudja betölteni, ha a jogi helyzet rendeződik. Több betörés után - a lakatlan házak vonzzák a csavargókat és a besurranó tolvajokat - betelepítettem kutyáimat a ház udvarába, míg a ház kulcsát Etel néni egykori, fiatal barátnője őrzi, örökségének gondnokaként. Így az udvar már nem lakatlan, csak a ház. Ha megsétáltatom, megetetem „szelindekjeimet", visszazárom őket Etel néni udvarába, és meglátom a mozi nyitott ajtaját, rendszerint elfog a kíváncsiság, mit játszanak aznap este. Így volt ez akkoriban is, a „beköltözése" előtti időszakban. Szabad estéimen átlépdeltem a moziba. Az öreg mozigépésznek az utóbbi időben már rendben volt a vérnyomása, ezért nem is mindig vittem magammal a vérnyomásmérőt. Akkor még nem tudtam, hogy korábbi vérnyomáskiugrásai hátterében mindig egy-egy nagyobb csetepaté vagy tartós csatározás állt élettársával vagy annak fiával. Vérnyomásának normalizálódása pedig annak köszönhető, hogy végül albérletbe költözött. Beszélgettünk mindenféléről, de egy elejtett szóval sem utalt magánéletére, arra meg főleg nem, hogy a moziban akar megtelepedni. Igaz, engem is lekötött az évzáró koncertekre és a pünkösdi ökomenikus napokra való készülődés gondolata, mert szerelmetes barátném ragaszkodott hozzá, hogy orgonajátékomat közkinccsé (valójában közröhejjé) tegyem. Később, amikor véget ért a tanév, és barátném korrepetitorként belevetette magát a sz-i szabadtéri játékok próbáiba,

13

amiből én már kimaradtam, több időm lett, és unszolásomra öreg barátom elmesélt mindent, (legalábbis én azt hittem, mindent, hogy mégsem, arra feljegyzéseinek olvasásakor jöttem rá) vetítés alatt a gépházban, előadás után az előcsarnokban vagy a mozi előtti padon az utcán üldögélve, a mozi termeiben, folyosóin járkálva.

Június 22.

Ma elmaradt az előadás. Összesen ketten akarták megnézni a filmet. Sajnáltam, mert kivételesen engem is érdekelt volna. De megegyeztünk a „főnökasszonnyal", hogy tíz alatti nézőszámnál nem vetítünk. Mióta Sz-en megnyitották a Plázát, alig van közönségünk. Manapság minden a mozi ellen dolgozik. A videó kölcsönzők, a kábeltévé, a multik. Bár én nem vagyok érdekelt abban, hogy nagy legyen a közönség, mert ugyanannyit kapok így is, úgy is. Ugyanolyan keveset. Nem is bántam, hogy ma nem kellett vetíteni, mert megint szörnyű meleg nap volt. Mégis előkészítettem mindent, a tekercsek „bevetésre készen" várták, hogy pergetni kezdjem őket. A ventillátort is bekapcsoltam. (Ha már klímaberendezésre nem futja). Persze, nekem se lenne kedvem ilyen forró időben beülni egy fülledt moziterembe. Régen ezt a kertmozival oldottuk meg: nyaranta kipakoltuk a székeket az udvarra, és az ipartestület kerítésére kifeszített vászonra vetítettünk. Ugyaninnen, a gépházból, melynek a falába erre a célra volt vágva egy kis ablak. Most is meg lehetne csinálni, egy kis ráfordítással. De nem hiszem, hogy manapság nagyon megdobná a nézettséget egy kertmozi. Nekem se érné meg az a hajcihő, cipelni a hangszórókat, a székeket, mint fiatalkoromban, ennyi pénzért. Akkor se a pénzért csináltam, tizenhat évesen, tekercselőinasként, hanem lelkesedésből. Ha nekem lenne egy olyan megszállott tanítványom és segítségem, mint amilyen én voltam Károly bácsinak. Mi mindenre képesek lennénk ketten. Ma már semmit sem csinálok lelkesedéből. Ide a moziba sem lelkesedésből költöztem be.

14

Valaha nekem is volt rendes lakásom. De életem úgy alakult, hogy tavaly már albérletről albérletre hánykolódtam. (Mint egy hajótörött. Kicsik a vizek, vagy nagyok, én egyformán rosszul vagyok, ahogy Latabár mondta egyik filmjében). Ugyancsak nem lelkesedésből. Azelőtt együtt laktam valakivel. Csaknem két évtizedig. Ennyi idő kellett ahhoz, hogy rájöjjek, élettársam – egykori jegy-kezelőnő ugyanebben a moziban – csak kihasznált pénzemért, amiből a közös rezsit fizettük, a lakását rendbe szedtük, és részeges, mihaszna fiát támogattuk. A goromba, élősködő, iszákos és ráadásul munkanélküli kölyökkel való mindennapos összetűzésekből elegem lett, csaknem ráment az egészségem: vérnyomásom ettől vált kezelhetetlenül magassá, és gyakran úgy éreztem, a gutaütés kerülget. Egy hatalmas összecsapás után, amikor végre kendőzetlenül, szemtől-szembe elmondtam a véleményemet a züllött és ingyenélő csemetének, leléptem. Szokás szerint egy bőrönddel. Ha nem teszem meg ezt a lépést, talán már tényleg megütött volna a guta. Azt gondoltam, az albérlet mindent megold. És valóban. Életem nyugodtabbá vált, vérnyomásgondjaim megszűntek. De hamar rádöbbentem, hogy új problémával kell szembenéznem: nincs semmim a bőröndön és tartalmán kívül. Az albérlet pedig felemészti kevés nyugdíjamat is, és azt a megalázóan alacsony öszszeget, amit a nyugdíj mellett mozigépészként keresek. Rengeteg pénzt öltem élettársam lakásába, de nem akartam pereskedni, inkább odahagytam mindent. Átgondolva kétségbeejtő helyzetemet, a legszigorúbb takarékossági intézkedéseket vezettem be. A téli hónapokban nem fűtöttem, és csak hálni jártam az albérletbe. A nappalt munkahelyemen, és kávéházakban töltöttem, ahol a napilapokat is el tudtam olvasni, vagy tévét is nézhettem, hogy tájékozódjam a világ dolgairól, és egy kávé vagy tea mellett órákig elüldögélhettem.

Mindebből én nem vettem észre semmit, mert azon a télen először a karácsonyi koncertre készültünk, ahol az Edina vezette kórus énekszámait Bach egy-egy korál-partitájával tűzdeltem meg. Ezekre a darabokra még Etel néni hívta fel a figyelmemet (és valóban, annyi szépséget sűrített beléjük a polifónia nagy géniusza, hogy még az én játékom sem tudta igazán elrontani őket). Aztán – miközben egyik farsangi buliról a másikra hurcolászott - barátném már a húsvéti "templomnyitó" hangversenyt kezdte tervezni. A téli hónapokban ugyanis úgy lehűl a református templom, hogy az istentiszteleteket a karácsony és húsvét közti időszakban a parókia imatermében tartják. Utólag visszaemlékezve öreg barátom valóban sokat szidta abban az időben a magas albérleti díjakat, de az én eszem azon járt, hogy mennyit tudok még aznap este otthon, elektromos orgonámon gyakorolni, így szavainak valódi jelentését akkori állapotomban nem mértem fel kellőképpen. Pedig...

... azt reméltem, mindez elegendő lesz ahhoz, hogy kijöjjek a pénzemből, és valami keveset félre tudjak tenni egy saját lakásra. Arra, hogy a moziba költözzem, csak később gondoltam. Akkor jutott eszembe először, amikor egyik reggel az albérlet konyhájában „jó magyar szokás szerint" azzal kezdtem a napot, hogy még félálomban felkészítsek egy feketét. De aznap reggel hiába kalamoltam álomittas ügyetlenséggel a dél-amerikai kávéültetvény alakjaival díszített fémdoboz mélységeibe, amiben a piacon olcsón vásárolt kávét tartom, üresen emeltem ki belőle a kanalat. Mélyebbre bányásztam, de csak fémes koppanást hallottam. Úgy emlékeztem, van még legalább egy főzetre való. Még egyszer megemeltem a dobozt, megráztam, és a fény felé fordítottam. Immár a szememmel is meggyőződhettem, hogy csak néhány fekete porszem árválkodik a doboz aljára tapadva. Ez a jelentéktelennek tűnő eset érthetetlenül felidegesített. Akkor jelentek meg először. Mintha a kávésdoboz sötétjéből bújtak volna elő. De akkor egy pillanatra minden elsötétedett. Mint egy napfogyatkozás. Ettől olyan érzésem támadt, mintha álmodnám az egészet. Egyszerre ott termett mellettem, körülöttem az a három sötétruhás alak, mintha az a világ legtermészetesebb dolga lenne. Rögtön megismertem őket. Az egyik, akinek kopaszságát néhány, oldalról ráfésült hajtincs fedte, kikapta a kezemből a dobozt, megemelte, és belenézett, mint egy teleszkópba. Hát feketének tényleg fekete ez a kávé, hadarta kissé pösze és selypítő hangon, olyan fekete, hogy nem is lehet látni. Nagyon vicces, mondta a másik, ő is kopasz volt egy kicsit, de jóval magasabb, vékony, hangja, mozgása sokkal határozottabb, nagy orra alatt fanyar mosoly. Kikapta az első kezéből a fémdobozt, charlestonozni, majd sztepelni kezdett, jobbra, balra bukva, meg-megpördülve, meg-megcsúszva, miközben feldobta és elkapta a dobozt, hol a kezével, hol a lábával, ördöngős ügyességgel, mint egy zsonglőr. Végül hirtelen abbahagyta, mintha megunta volna, meghajolt, majd a fejére tette a dobozt, mint egy cilindert. Először elvigyorodott, aztán elkomorodott, szinte sírásra állt a szája. A harmadik se bírta tovább tétlenül. Neki valódi cilinder volt a fején. Termetre a legkisebb hármuk közül. Most ő kaparintotta meg a doboz. Belenézett, fürkésző, kissé finnyás tekintettel forgatta, méricskélte. Majd arca felderült. Úgy tett, mintha mégis lenne kávé a dobozban. Mutatóujjával jelezte is a többieknek. Boldogan mosolygott. Megszagolta, élvezte az illatát. Hirtelen tüsszentett egyet, majd olyan arcot vágott, mintha telement volna kávéporral a szeme. Méricskélő mozdulatokat kezdett végezni a kanállal, mintha megtömné a szűrőt. Elsímította a tetejét, majd vizet öntött az üres kancsóból a kávéfőző tartályába. Öszszecsavarozta az alját s a tetejét. Láthatatlan gyufával meggyújtotta a láthatatlan lángot a tűzhelyen, mely kicsit megégette a kezét, és óvatosan ráhelyezte a kávéfőzőt. A többiek meghipnotizáltan követték mozdulatait, láthatóan belementek a játékba, hiszen ők is színészek. Hellyel kínálta őket. Az asztal köré ültek, és türelmesen várták, míg kifő a fortyogó nedű. Aztán töltött mindenkinek, és szürcsölni kezdte a forró, gőzölgő, illatos, és láthatóan-láthatatlanul méregerős italt. A többiek követték példáját, és elégedetten kortyolgatták a kis cilinderes láthatatlan főztjét. Próbáltam én is mosolyogni. De nekem nem jutott eszembe semmi moziszerű. Köszönöm barátaim, hogy megpróbáltok felvidítani, mondtam szinte félálomban. A látomás eltűnt. Átsejlett a rideg, sötét, hűvös konyha reggeli valóságába. Megráztam magam.

– Az a kurva Gyula! Csak lőtyölni tudja a kávét, de az nem jut eszébe, hogy vegyen is néha. – robbant ki belőlem, jólesően, hogy valakire kenhetem a feledékenységemet, de aztán rájöttem, hogy alaptalanul, mert Gyula, aki akkoriban az albérlőtársam is volt, két napja nem aludt otthon, így nem használhatta el a kávét sem. –Biztos megint valami nőnél töltötte az éjszakát. – morogtam tovább, mintha az így felszabaduló adrenalinnal pótolhatnám a kávéivást, bár ennek akkor nem voltam tudatában - De ez még nem ok arra, hogy ne fizesse az albérletet. –Abban egyeztünk meg ugyanis, hogy felezzük az albérleti költségeket. Mivel a fiú valóban nem minden éjszakát töltött ott, időnként a pénzről is megfeledkezett. Az üres kávésdoboz látványa váratlanul ért ezen a reggelen. Ettől tényleg ki is szállt a szememből az álom. - Egy csomag kávé most teljesen felborítja a pénzügyi terveimet. – füstölögtem. –És ha ez így van, akkor tényleg szarul állok. *(Ezt a szót zölddel aláhúzza a számítógép helyesírás ellenőrző programja, és hozzá fűzi, „ilyen szót nem illik papírra (képernyőre) vetni", de én a hitelesség kedvéért meghagyom, és hasonlóképpen járok el a jövőben is minden „ilyen szóval").* Nyugdíjas koromra ugyanolyan szegény lettem, mint amikor megszülettem. Ha ez így megy tovább, beköltözöm a moziba! –Ez a mondat csak úgy kicsúszott a szájamon. Magam sem gondoltam komolyan. De a kimondott szó mágikus erejű. Attól kezdve nap, mint nap eszembe jutott, újra és újra kimondtam, ízlelgetve, szájamban forgatva, megrágva a mondatot. Hol hangosan, hol magamban. És érdekes módon, ettől aztán megnyugodtam. Mint egy mantrától. Olyan lehetetlenül és olyan komikusan hangzott. „Beköltözöm a moziba". Néha még hozzátettem egy-egy apró megjegyzést is: – Mit szólnának az ipartestületiek? Leesne az álluk. Vajon éreznének-e egy icipici lelkiismeret-furdalást? Nem biztos. ... és ehhez hasonlókat, és minden alkalommal felnevettem. Most már tudtam nevetni, mert bennem élt a mozi. Nem ez a valóságos, fülledt és néptelen, hanem az igazi. És állandóan mellettem voltak képzelt barátaim, a vászon hősei, ontották a tréfákat, biztattak és vigasztaltak. A cilinderes, csetlő botló, aki ébredés után minden reggel megfőzte a képzeletbeli kávét a semmiből, és megvendégelt mind a négyünket, a délutáni vetítések idejére pedig függőágyat húzott ki a galéria oszlopai között, a táncoslábú , aki főzőcskézett a xenon lámpa vagy a szén elektródák tüzénél, és a kis selypítő hangú, aki mérgelődött, amikor ránk csöngettek az utcagyerekek az előadás előtti és utáni tekercselés idején. De a „kávéügy" után, a még lehetetlennek látszó beköltözési terv mellett azonnali gyakorlati döntéseket is hoztam, és lépéseket is tettem pénzügyi helyzetem javítására. Először is felhagytam a kávéivással. Beértem a levegőből és pantomimból készült feketével, melyet reggelente jó hangulatban, négyesben szürcsölgettünk szilaj tréfálkozások közepette képzeletbeli társaságommal. Rossz szokás az egész. Semmivel sem lesz frissebb tőle az ember, és anélkül is felébred. Csak a gyomrom fájdul és a szívem vadul meg tőle. Már aznap elkezdtem a „leszokást". – De napközben az albérlet és a mozi között járva, a kávéházakban üldögélve, vagy éppen a gépteremben dolgozva végiggondoltam, min takarékoskodhatok még. – Nem ebédelek. – Villant eszembe a következő ötlet, és elhatároztam, hogy kihagyom napirendemből a szakmunkásképző közétkezdéjét, ahol eddig viszonylag olcsón többféle menüből válogathattam. A szakmunkásképző kollégiuma, amit az egykori pénzügyi palotából alakítottak át diákszállóvá a felszabadulás után, utamba esett az albérletből a moziba gyalogolva. A felszabadulást se nevezzük már annak, és a kollégiumban se laknak már diákok. De valami élelmes vállalkozó kibérelte a konyháját és ebédlőjét. Az étel egész tűrhető, mondhatnám házias volt. Egy ételhordóval indultam el otthonról, mert nem tudtam egyszerre megenni az egész menüt. Néha még a vacsora is kifutotta belőle. mégis lemondtam róla, a takarékosság jegyében. Attól kezdve csak reggel és este kaptam be némi hideg ételt, amit útközben vásároltam. Megfordult ugyan az is a fejemben, hogy otthon főzzek. - Ha magam készítem az ételt, az a legolcsóbb, és az idő is jobban telik. Mérlegeltem. Végül mégis lemondtam róla, mert rájöttem, hogy amit az olcsó alapanyagok révén nyerek, azt a főzéshez felhasznált gáz és villamos áram vámján elveszítem. Ugyanis a rezsit külön fizettük. Maradt tehát a hideg étel. Úgyis el vagyok pocakosodva. Gyerekkoromban, amikor sokkal többet mozogtam, és sokkal több szükségem lett volna a rendes ételre, száraz kenyéren és szilvalekváron éltem. Mégis felnőttem, és

19

egészséges vagyok. Most is megteszi majd. Következő bevásárlásánál hát szilvalekvárt is kerestem a pultokon magamnak, ami nem is ment könnyen, mert csak a harmadik boltban találtam, és az sem igazi lekvár, hanem gyümölcsíz (jam, dzsem) volt,melynek kocsonyaszerű masszája, és mesterkélt ízei közelébe sem értek gyermekkorom saját szedésű szilvából készült, rézüstben rotyogtatott, főzés közben már kóstolható, és illatával az egész házat, sőt udvart bejáró, csalogató, héjával, magjával és szárával cserzett, keserédes, fanyar zamatokkal telített, kissé karamellizálódott, az összeaszalodott gyümölcshéjtól és a helyenként megkövesedett gyümölcshústól fogam alatt ropogó, minden ízében eredeti szilvalekvárjainak. És ráadásul nem is volt olyan olcsó, mint ami a szilvalekvártól elvárható. Ebből is „luxuscikket" csináltak. Kezdek álmosodni. Úgy látszik, ez a naplóírás jó altató. Hát ennyit mára. Kíváncsi vagyok, mennyire hűlt le a levegő a „kajütömben" odafönt.

Ahogy idáig követtem öreg barátom feljegyzéseit, rájöttem, hogy néha mennyire félreértettem vagy tévesen ítéltem meg rövid találkozásaink során elejtett szavait. Persze beszélgetéseink alapján hiába is próbáltam volna bizonyos rendezési elveket vinni a hallottakba, mert ő teljesen szabadon – parlando, quasi improvisando -beszélt magáról, ide-oda csapongva a memória és az asszociációk kiszámíthatatlan útvesztőiben, miközben feljegyzéseiben szépen elrendezte a dolgokat. Ráadásul intenzív- molto vivace, con brio et con moto - életet élő barátném szeszélyei is tovább tépázták beszélgetéseink rendszerességét. Én a szó rossz értelmében vett amatőr zenész vagyok, és legnagyobb örömöm, ha csak magamnak játszom. Barátném rögeszméje, hogy időnként a közönséggel is osszam meg elvadult és hibával teli játékomat, megbontotta a köztem és a zene közt levő intim kapcsolatot. Úgy látszott, mégsem vagyok elég exhibicionista, legalábbis a zenében. Nőm odáig vitte a dolgot, hogy az egyik általa szervezett hangverseny plakátján az én nevemet tette az első helyre, "orgonán közreműködik" titulussal megtűzdelve. Amikor észrevettem, hogy a város hemzseg a fenti plakátoktól, bereeeltem. És eszeveszetten gyakorolni kezdtem. Sokszor napok, hetek teltek el, pró-

bákra, hangversenyekre és a hangverseny sikerét ünneplő „bulikra" járva, mire öreg barátomhoz eljutottam, és utána mindig nehéz volt újra felvenni az egyébként is összegabalyodott, és sokszor megszakadó fonalat. Mert voltak előbbre való beszédtémái: a napi hírek, az ipartestület - munkaadója - viselt dolgai, továbbá rendszeresen (ostinato) szóvá tette, hogy a héten is hiába lottózott, szidta a politikát, elégedetlen volt az időjárással, az árakkal (melyek emelkedéséért a politikusokat tette felelőssé), életkorával, és még sok mindennel. Csak azután beszélt magáról, életéről, múltjáról, mikor a mindennapi füstölgéseit már (furioso) kiadta magából.

Június 28.

-Hiába! Akárhogy is takarékoskodom, és figyelek minden fillérre, hó végére alig marad valami, amit félretehetnék, hogy életem hátralevő részét ne a moziban kelljen leélnem. De amikor albérletben laktam, még ennyi se maradt. Mégis, miért halogattam ilyen sokáig a beköltözést? Talán mert bíztam benne, hogy a szerencse megkönyörül rajtam. Évek óta játszom ugyanis állandó számokkal. Minden pénteken elballagok a lottózóba, mely csak néhány perc járásra esik a mozitól, kitöltöm szelvényeimet és várom a húzás napját. Így megy ez hétről hétre. Játszom az ötös lottón, a hatos lottón, és amióta kitalálták, a skandináv lottón is. Ezen nem lehet takarékoskodni, ismételgettem, amikor még albérlőként fogyatkozó nyugdíjamat számoltam, és kivettem belőle a lottószelvények árát.
– Akkor inkább tényleg beköltözöm a moziba, - tettem még hozzá, és ezen megint nevettem, és már nem is emlékeztem, hogy magamban-e vagy hangosan. – Azt hihették akkoriban, hogy bolond vagyok, magamban beszéltem és nevettem! Hogy a képzelődéseimet ne is említsem. De gondoljanak, amit akarnak. A magányos emberek szoktak magukban beszélni. Hát én aztán igazán magányos vagyok, hiába vannak körülöttem annyian esténként. A lottózóban már jól ismernek.– *Jónapot gépész úr! -* Küszdihand, három ötöst, három hatost és két skandinávot kérek, igen, a szokásosat. Mindig adok egy kis borravalót, ne vigye el a szerencsémet. Emlékszem,

hogy fiatal mozigépész koromban volt egy tizenkét találatosom a totón. Kétszázötven forintot kaptam érte, ami akkor hatalmas pénz volt akkoriban, mert a havi fizetésem alig húsz forintra rúgott. Vásároltam rajta egy öltönyt, és még sok apróságot. De ha a tizenhárom találatost nyerem, azon egy házat vehettem volna. Bezzeg azóta sem volt olyan szerencsém. Általában még a lottószelvények árát sem kapom vissza. Előfordul, hogy a húzás éppen a vetítés idejére esik. Olyankor megkérem a büfésfiút vagy a pénztárosnőt, hogy írják fel a nyertes számokat, mert a tévé szinte mindig be van kapcsolva itt az előcsarnokban. Persze rendszerint elfelejtik, vagy ők sem tudnak odafigyelni, ha a nézők éppen a pénztár vagy a büféspult előtt tolonganak jegyért vagy pattogatott kukoricáért, ami egyébként egyre ritkábban esik meg, mert mostanában olyan gyér a forgalom. Ha jó közönség van, sokszor késik az előadás kezdési időpontja, ilyenkor addig nem kezdjük el a filmvetítést, amíg van valaki a büfé vagy a pénztár előtt, hogy nagyobb legyen a bevétel (bár, ahogy mondtam, a mozigépésznek attól nem lesz több a fizetése). Így volt ez ma este is, mert valami nagy sikerű gyerekfilmet játszottunk, és régen látott tömeg tolongott a pénztár és a büfé előtt.

Gyerekek, és gyerekeikért mindenre képes szülők. Még arra az áldozatra is, hogy végignézzenek értük egy mesefilmet. Persze ez az áldozat nem is olyan nagy, hiszen titokban ők is kíváncsiak arra a „naiv" gyerekfilmre, és gyerekeikkel együtt szívesen újraélik saját, vagy pótolják elszalasztott gyerekkori mozi élményeiket.

Július 2.

Ezen a három napon minden előadásnál telt ház volt. Már el kellett volna kezdődnie az előadásnak, de vártuk, hogy fogyjon a sor. - Hol van már a mozi virágkorának katonás fegyelme: három csöngetés, aztán aki bújt-bújt ... Hol vannak már a teltházak. A kereslet -kínálat viszonyai a moziiparban is megváltozak. Én föntről, a gépterem mögötti galéria korlátjára könyökölve figyelem az eseményeket, *ahova fölcsapódott a kukorica-pattogtató szerkentyű égett-avas olajfüstje. Én is ott könyököltem mellette kisfiammal, Sebivel, akit" elkaptam" aznap este az anyjától, és akit, természetesen a polifónia nagy barokk mestere után neveztem el Sebestyénnek. Ex-nejem kezdetben idegenkedett a névtől, később megbékélt a gondolattal, hiszen Sebi-baba az majdnem úgy hangzik, mint Zsebi-baba, Milnét és Karinthyt pedig szereti. Igaz, hogy Sebit már nem lehet babának nevezni, mert nagy fiú lett belőle, majdnem tíz éves, és zokon is venné. Ott könyököltünk tehát mi is fenn a bennfentesek nyugalmával aznap este.*

vagy lemegyek jegyet kezelni, ha a pénztárosnő nem ér rá, mert külön jegykezelőre már nem futja, és várom, mikor kezdhetek. Erről rendszerint a fiatal pénztárosnő – "a főnökasszony"- dönt, úgy, hogy felkiált a galériára. Ilyen családias a hangulat a mi mozinkban. Odalent gomolygott a tömeg aznap este, legalább negyed órát késett a kezdés, míg elhangzott az – Indulhat a vetítés, Feri bácsi! – vezényszó.

Közben Sebi is be akart állni a büfé előtti egyre terebélyesebben kanyargó sorba, melyet addig föntről figyelt, de nem engedtem, mert inni- és rágcsálnivalóról – előrelátóan és sokkal olcsóbban- a délutáni bevásárlásnál gondoskodtam. Persze kicsit nehezen fogadta el, hogy nem ehet pattogatott kukoricát, hanem be kell érnie mogyoróval és nápolyival. Közvetlenül a film indítása előtt – mire leérnek, elkezdem, szólt az öreg - lekísértem a nézőtérre, a "rohampáholyba", azaz az első sorba, mert ott szeretett a legjobban ülni, ahol senki nem takarta el előle a vásznat és kinyújthatta a lábát, és ahol a mese hősei többszörös életnagyságban karnyújtásnyira villództak előtte, és már indultam volna vissza a gépterembe, de Sebi nem engedett, mondván, legalább egy kicsit maradjak vele a film elején. Az apák és a gyermekből lett felnőttek gyengeségével végül az egész filmet végignéztem, és meg kell vallanom, még tetszett is, (persze csak egy kicsit !?), mert tele volt humorral és eredetiséggel, amiben a "felnőtt" filmek néha szűkölködnek mostanában.

23

Július 5.

Ezen a héten szintén lemaradtam a lottóhúzásról. Így még kaptam néhány óra haladékot, reménykedhettem, hogy nyertem. Majd a késő esti híradóból megtudom a számokat. De olyan is előfordulhat, hogy csak másnap. Majd éjszaka álmatlanul heverve ágyamon azon töprengek, mire költöm a nyereményt. – Nem kellenek nekem milliárdok. Azzal nem is tudnék mit kezdeni. Beérném néhány millióval. Magamnak vennék egy házat meg egy házi mozit, és egy videokamerát, a többit odaadnám a családomnak. Mert valahol, nem is olyan messze ott vannak ők is. Busszal húsz perc alatt eljutok hozzájuk. De néha úgy érzem, fényévek és évszázadok választanak el tőlük. - Akkor persze körülugrálnának. Hirtelen fontos lennék nekik. Ha csak a pénzemért is. Most se érdekli őket más. – Egy-egy ilyen éjszaka után fáradtan, de reménykedve ébredek. A szerencse azonban várat magára. Az albérlet nehéz hónapjaiban, a „lottópénzt" is mindig olyan keservesen kuporgattam össze. Mégsem szántam rá magam egykönnyen a költözésre, bár tudtam, hogy akkor többet volnék képes félretenni, és lottóra is költeni. - Pedig a helyzet nem szokatlan a számomra, mert laktam már moziban. –Hű, de elfáradt a kezem. Azt hiszem, jobb, ha kicsit abbahagyom az írást. Aludni még biztos nem tudok, majd járok egyet lefekvés előtt.

Még mindig ugyanaz az éjszaka, de már átléptünk a közvetkező napba, éjfél után jár. Jót sétáltam Bernáth tanár úrral és a kutyáival. Ez a *„Bernáth tanár úr" én lennék? Nem tudom, mivel érdemeltem ki ezt a nevet és titulust. Talán tapintatból változtatta meg a nevemet és a foglalkozásomat?* Itt lakik, majdnem szemben a mozival, gyakran átjön hozzám, mondhatnám, barátok vagyunk. *Örülök, hogy ő is annak tart engem.* Éppen indult kutyáit sétáltatni, amikor kiléptem a mozi kapuján. Amikor azt mondtam, majdnem szemben lakik a mozival, az egész pontosan azt jelenti, hogy a mozival szemközti ház mellett. A mozival szemközti ház ugyanis lakatlanul áll. Tulajdonképpen egy sarokház. Annak az udvarában tartja Ber-

24

náth tanár úr a kutyáit, mintegy a betörők elleni védelemül. Innen, ennek a lakatlan háznak a kapuja mögül engedte ki éppen őket, amikor összetalálkoztunk. A ház gazdája egy zongoratanárnő volt, *(Thema)* Bozogi Etel néni, emlékezetem szerint egy gazdag felvidéki család utolsó sarja. Házát a városra hagyta, *(expositio)*, de a végrendelet körül zűrök támadtak, úgy tudom, a püspök támadta meg, akire Etel néni unokahúga hagyta az őt illető részt. *(Contrapunctus)*. Szóval, a ház lakatlanul és gazdátlanul áll. És mivel az ilyesmi vonzza a betörőket, *(Contracpuctus inversus)* az örökség gondnoka, egy tanárnő *(simile)*, ennek a Bozogi Etel néninek a volt kolléganője, megegyezett Bernáthtal, *(intermezzo)*, hogy ő, mint szomszéd, ott tarthatja a kutyáit. Fene tudja, milyen fajta kutyák, de biztos jó házőrzők, mert mióta az udvarban laknak, nem törtek be a házba. A rendőrség is tud a dologról. Mindezt a tanár úr mesélte el nekem. Szóval, vele sétáltunk, ami nagyon jólesett, mert nemcsak a testemet mozgatta meg, hanem a szellememet is. Ha szabad ezt a fellengzős szót használnom. Mert azt veszem észre, hogy ebben a magányos életmódomban, amikor néha napokig nem találkozom emberekkel, már szinte elfelejtek beszélni is. Bernáthot sok minden érdekli, *(Canon per augmentationem)*, bár eredeti szakmája, ha jól tudom, fizika-matematika szakos tanár. Ma este életemről, és a mozis szakma kulisszatitkairól faggatott, meg a makói mozik történetéről. Érdekes, hogy mostanában éppen hasonló emlékek törnek rám, mint amilyenek őt érdeklik, úgyhogy végre van valaki, akinek szabadon beszélhetek arról, ami éppen eszembe jut. Először a Petőfi parkba mentünk ki, ami nem messze van a mozitól, itt találkoztam első szerelmemmel is fél évszázada, akkor még Horthy parknak hívták a helyet, eredetileg pedig Püspökkertnek. A felszabadulás után (újra ezt a szót használom) szabadtéri parkszínpadot is építettek itt, ahol időnként parkmozi is működött, én is vetítettem ott. Ezekről a dolgokról és még sok mindenről meséltem Bernáthnak, miközben a kutyák kedvükre szaglásztak és futkároztak a park fái közt. Teljesen néptelen volt a hely, csak a baglyok huhogása, sikítozása, a park körüli házak kutyáinak csaholása törte meg a csendet. Miután a kutyák kiszaladgálták magukat, és a forgalom is alábbhagyott, visszafordultunk. Elhaladva a mozi előtt tovább gyalogoltunk a főtér felé, és akarva, nem akarva az egykori Korzó mozi épületénél kötöttünk ki, ahol mozigépész szakmámat kezdtem. Az épületet teljesen rendbe hozták, a mozi helyén kaszinó, a mellette levő egykori Korzó cukrászda helyén gyógyszertár üzemel, majdnem úgy néz ki, mint annak idején, és így, ebben az éjszakai órában, amikor nem dübörögtek a kamionok mellettünk, egészen érdekes hangulatba kerültem: ahogy már írtam, szerencsére a főteret nem rombolták le teljesen a korábbi hatalom urai, hanem néhány jellegzetes épületét meghagyták. Ezen az oldalon csak a korzó mozi épületét, szemben viszont ott terpeszkedik a városháza, a másik irányban, távolabb a Korona szálló, Bérpalota, és a tér túlsó végén a régi városháza. Ebben az esti órában, a megvilágított régi épületek láttán mintha hatvan évet visszaröpültem volna az időben. Tizenöt évesen kezdtem itt, a Korzó moziban dolgozni, egy Broda Sándor nevű mozigépész keze alatt. Az akkori beosztásom gépészgyakornok volt, ami gyakorlatilag azt jelentette, hogy míg én tekercseltem fenn a filmeket, az öreg Broda stírolta a nőket a mozi bejáratánál. Elmondtam Bernáthnak, hogy az épületet nem véletlen hívják korzónak. A mozi virágkorában négyes sorokban gomolygott - korzózott - a tömeg oda-vissza a Korzó mozi és a Püspökkert között. Mi is elindultunk ugyanazon az útvonalon visszafelé a Lordok háza mellett (így becézik a városiak azt az épületsort, mely a városháza és a Korona szálló közt épült a régi házak helyére, ugyanúgy, mint a szemközti oldalon a csipkesor, a Korzó mozi épületének folytatásában). Útközben arról meséltem, hogy ennek az embertömegnek nemcsak a két mozi, hanem a főtér éttermei, cukrászdái, kávéházai, sörözői is szórakozást nyújtottak, az alkalmilag felállított bódékról és sátrakról nem is beszélve. A Korona szálló épületében, a Bérpalota földszinti helyiségeiben, a Püspökkertben egymást érték ezek a „vendéglátóipari" objektumok, és, ahogy már írtam, a mozinak is volt saját étterme kerthelyiséggel, és tekepályája a pincében. Az utca szemközti oldalán Úri Kaszinó (egyemeletes épülete még mindig áll Bernáth tanár úr háza mellett) . Ahogy ezekről a dolgokról beszéltem, ő figyelmesen hallgatott, és tekintete szavaim nyomán a múltat fürkészte. Közben hazaértünk, illetve a tanár úr haza, én meg ide szembe, ideiglenes szállásomra. Legalábbis én annak fogom fel, mert remélem, nem kell sokáig itt élnem. A friss levegő és a séta csak még jobban feldobott, így, hiába múlt el éjfél, még nem gondolok alvásra. A levegő egyre jobb, a nyitott ablakon keresztül hallom a kutyák – sétatársaim – ugatását. Úgy látszik, ők sem tudnak aludni.

A nyarat már nem kellett szakadatlan gyakorlással és lámpalázam legyűrésével töltenem. Csak néhány alkalmi beugrás maradt, esküvők, keresztelők. A kántor mellett ügyködök. Semmi plakát, semmi hírverés. Nincs közönség, csak rokonság, vagy hívek, akik az ünnepeltre és a papra figyelnek, nem énrám. Ezekre az alkalmakra szinte gyakorlás nélkül, bármikor kapható voltam. Ami pedig a repertoáromat illeti: lecövekeltem a barokk zenénél. Barátném már túllépett rajta, és legszívesebben a romantikusokat játszotta, bár, ahogy mondtam, irigylésre méltó könnyedséggel adta elő Bachot is. Igaz, Etel néni szerint őt is romantikusan. De csak zongorán volt hajlandó játszani. Orgonálni nem szeretett, valósággal félt tőle (ő is félhet valamitől), mondván: nincs semmi dinamikája. (Én éppen azt szerettem benne, mert ujjaim túl durvák voltak a finoman árnyalt billentyűkezeléshez. Ha pedig belegabalyodtam a szólamokba, megdörgettem a pedálokat, így terelve el a figyelmet kezeim botladozásairól). De ezen – hogy a zongora vagy az orgona-e a hangszerek királya – nem vesztünk össze. Nyáron tehát időm, kedvem és figyelmem is volt végre öreg barátom számára. Persze kenyérkereső munkámat – az orvoslást – napközben tovább folytattam, ugyanúgy szenvedve a nyár melegétől a kórház falai közt, mint öreg barátom a moziban. Légkondicionálóra a kórháznak sem futotta, aminek a betegek látták a legjobban a kárát. Aznap este elköszönve az öregtől sokáig álmatlanul forgolódtam, és a szemem előtt ott vibrált a korzó pezsgő, színes világa. Nem is sejtettem, hogy szemben, a mozi épületében öreg barátom egy füzet fölött virraszt.

Július 9.

A kutyák kezdenek lecsendesedni. Nekik is szükségük van az alvásra. A mozi előcsarnokában ülök, szinte hallom az épület szuszogását, a nézőtér felől a faburkolat, a széksorok, a parketta roppanásait, mintha feléledtek volna az épület szellemei. Elvégre éjfél elmúlt. Nem hiszek bennük, és nem félek tőlük. Inkább attól félek, hogy be ne golyózzak. A tévében semmi érdekes így éjfél után, mégis bekapcsolom, hátha elűzi a rossz gondolataimat. Ölemben a spirálfüzet. Talán akkor teszek a legjobbat, ha kiengedem a szellemeket a palackból. Azaz kiírom őket magamból. Ott folytatom, ahol az előbb abbahagytam: már régebben is laktam moziban. Először kezdő mozigépészként 1953-ban, közvetlenül leszerelés után. Ekkor már önálló, mozigépész tanfolyamot végzett szakember voltam. És mivel katonaéveim alatt betöltötték a helyemet szülővárosomban (amit egyébként katonákkal nem szabadott volna megtenni), Szegvárra és Szentesre kellett járnom helyettesíteni, mert azok a mozik is a megyei MOKÉP céghez tartoztak. Az ingázáshoz nem volt kedvem, albérletre pedig nem volt pénzem. De akkor még fiatal voltam, és tudtam, hogy átmeneti állapotról van szó. Meg nem is éreztem olyan rosszul magam abban a helyzetben: a katonaság után hirtelen jólesően szabadnak és függetlennek tűnt a civil élet.

Mintha a börtönből szabadultam volna: mindennek tudtam örülni. A pénzemet magamnak osztottam be, és nem kellett beszámolnom senkinek hol vagyok, mivel töltöm a napjaimat. A fizetésem szerény volt, de nekem, akkori életmódomhoz bőven elég. Még adtam is belőle haza anyámnak. Esténként előadás után kószáltam az idegen utcákon, beültem egy-egy vendéglőbe. Emlékszem, egyszer Latabár Kálmán Szentesen vendégszerepelt, és összetalálkoztam vele, amint éppen az utcán sétált, és pattogatott kukoricát vásárolt. Az emberek felismerték, kitódultak a járdára a házakból, üzletekből. Ő nem jött zavarba, és, mint vérbeli komikus bohóckodni kezdett, hogy valamit nyújtson nekik a figyelem és tisztelet látható jeleiért: szemenként feldobálta a levegőbe a kukoricát, és megpróbálta „röptében", a levegőből bekapni a visszahulló szemeket. Közben szándékosan csetlett, botlott. Most, hogy eszembe jutott húsz éves önmagam, a pálya kezdetén, úgy tűnik, mintha egy hatalmas mókuskerékben ballagnék. Nem szaladnék, csak ballagnék valahova, miközben sehova sem jutok. – Ha még egyszer húszéves lehetnék! Aztán másodszor is laktam moziban – Több, mint húsz évvel később, és egy elrontott házassággal a hátam mögött. Egy családi veszekedést követően: akkori munkahelyemre, a Cs. falu filmszínházba vonultam be, két bőrönddel, és a visszanyert szabadság csalóka illúziójával. Ez egy másik történet. Majd legközelebb folytatom, mert végre – szinte hihetetlen - kezdek álmosodni. Igaz, odakint már pirkad. Felballagok. Hátha tudok egy pár órát aludni.

Július 12.

-Hajnalban tényleg aludtam néhány órát. Még álmodtam is valamit, ami – mármint az álmodás - elég régen történt meg velem. De, hogy mit, arra nem emlékszem. Lehet, hogy ez már az Alzheimer kór kezdete? Hogy már az álmaira sem emlékszik az ember? Olvastam erről a betegségről az újságban. Arra viszont emlékszem, hogy mire ébredtem. Az a szemtelen Gyula vert fel a barátaival. Nem tudom, mi dolga volt itt délelőtt. De nem is érdekel. Talán még tudtam volna aludni. Napközben semmi különös nem történt. Reggel bevásárlás, kávéház. A kiszolgálónő itt dolgozott valamikor a galérián. A kávézót üzemeltetette. De nem érte meg neki. Alig volt vendég. Hát néha meglátogatom új munkahelyén, a hagymaházban. Mire kitört a nagy meleg, visszaértem, és behúzódtam újságot olvasni. A kávéházból hoztam el az előző napiakat. Aztán, mivel az előadás kezdéséig még sok idő van, és nem akarok ebben a dögleszto melegben kimozdulni, újra nekiálltam az írásnak. Nézzük csak. Ott fejeztem be, hogy Cs-ben is a moziban aludtam. Házasságom előtt is, és a végén is. Mintegy bekeretezte a házasságomat a mozi. Ott, Cs-ben telepedtem le a szentesi és szegvári kezdő hónapok, az első moziban-lakások után. Ebben a szülővárosomhoz közeli faluban, ahol véglegesen alkalmaztak mozigépészként. Egy szót sem szólhattam, hogy nem lakóhelyemen, mert az ötvenes évek vésztehes időszakában nem nagyon válogathatott az állások közt olyan valaki, aki nem volt hajlandó belépni a pártba, (az akkor már egyetlenbe). Örülhettem, hogy nem az ország másik végébe helyeztek. Cs csak húszpercnyi buszútra van szülővárosomtól, és a hatalom zajai alig hallatszottak el vert falas, hófehérre meszelt házai, nyugodt, virágos, akácfás utcái közé, melyet maguk is virágokról és fákról voltak elnevezve. Már annyira hozzá voltam szokva, hogy a mozi – munkahelyem- egyben a lakásom is, hogy egészen természetes volt, hogy nem keresek más szállást. Amikor a mozi többi dolgozója ezt megtudta, mindent elkövettek, hogy lakályossá tegyék számomra a helyet. Szalmazsákot és ágyneműt kaptam tőlük, hétköznap vacsorára, hétvégén ebédre hívtak meg, felváltva. Az egyik fiatal jegy-kezelőnő pedig gyakran helybe hozta a vacsorát. Ez lett a vesztem. Akkor még nem ismertem a nő kettős természetét. Így önként dugtam a fejem az angyalarcú alligátor szájába. Ezt a hasonlatot Bernáth tanát úr egyik könyvében olvastam. Most is nálam van a könyv, ha van időm, és nyugalmam, azt lapozgatom. Mert nem olyan olvasmány, hogy bármikor bele lehet vágni. Elmélyedés és megfelelő hangulat kell hozzá. Amolyan filozofikus átlényegülés. *(Hamvas: Szilveszter).* Szóval, ez a fiatal lány lett a feleségem. Természetesen ezzel a moziban-lakások romantikus-szabad időszaka is véget ért. Mint mondtam, itt Cs-ben minden utcát virágról, fáról vagy valami más természeti képződményről, mondjuk a délibábról neveztek el. Mi például a Rezeda utcában laktunk, a Jácint, és a Tölgyfa utca által keresztezett szakaszon. Tetszettek ezek az utcanevek, mert semmi politika nem volt bennük. Azt hittem, itt, ebben a virágos és fás falvacskában megtalálom majd a nyugalmamat, de - mint később kiderült - a falusi élet nyugalma, és házasság intézménye nehezen egyeztethető össze a mozis szakmával. A fiatal jegyszedőnőt, akit nemsokára pénztárossá léptettek elő fél év ismeretség után elvettem feleségül. Ugye nem kell magyaráznom, miért nem egészséges, ha a házastársak egyben kollegák is. A munkahelyi és a családi konfliktusok öszszeadódtak és összekavarodtak, mondhatnám, összegabalyodtak.

30

A helyzeten az sem javított, hogy szép és egészséges leányunk született, sőt rontott, mert tovább növelte az ütközési pontok számát. Még szerencse, hogy én később jártam haza, és korábban keltem, így a csatabárd rendszeresen, és hosszú időre elásható volt. Annál a végzetes, és utolsó veszekedésnél azonban alaposan kiástuk, és a régóta lappangó indulatok jóvátehetetlenül a felszínre törtek. Feleségem - és a pénztárosné - unásig ismert, és újra elhangzott gorombaságait nem tudtam lenyelni – ezúttal már nem -, és sértett önérzettől űzve mindent egy csapásra odahagytam. Lakást, és egyetlen leánygyermekünket. (akiből időközben felnőtt lett, tehát egész sokáig tűrtük egymást). Ez volt tehát – húsz év után - a második moziba-költözésem. Amikor a szakmabeliek – a megye és a járás mozisberkei - megneszelték a helyzetemet, rövidesen végre állást kaptam szülővárosomban, amihez volt tanítómesterem, Károly bácsi nyugdíjba vonulása szolgált alkalmat. Így hát húsz év után visszakerültem oda, ahonnan elindultam. De azóta megint eltelt húsz év, egy balul végződött élettársi viszony, és semmi más nem maradt számomra, csak a mozi, mindhalálig *(az évek számolását elég nagyvonalúan – leggiero – végzi a mester, mert a fentiekből azt hihetnénk, hogy még csak hatvan, holott túl van a hetvenen)* – Valaki jön. Vagy a „főnökasszony, vagy Gyula. Hiszen a bejárati ajtó zárva, és csak nekik van kulcsuk. Akárki is, abba kell hagynom az írást. Rövidesen kezdődik az előadás.

Aznap este. Ma összejött tíz ember az előadásra, (egész pontosan tizenkettő), így én is láthattam a tegnapi elmaradt előadás után. Nem volt olyan jó film, mint amilyenre számítottam. De azért végignéztem, ami már önmagában is nagy szó. Láttam már ettől a rendezőtől jobbat is. Ma át kellett tekercselni és be kellett csomagolni a filmet előadás után, majd Gyulának kivinnie a fél tizenegyes vonatra. Saját kocsijával szokta szállítani, biztos megéri neki, mert felveheti a benzinpénzt érte. Majdnem tizenegy lett, mire visszaértünk, én is elkísértem: olyan nehéz volt a tekercsekkel teli fémláda, hogy egyedül nem bírta volna felrakni a vonatra. Utána éjfélig szellőztettem a főbejáraton keresztül, miközben – már szinte tradíciószerűen- én is hűsöltem a mozi előtti padon. Megjelent

Bernát tanár úr is a kutyáival, de most nem mentünk el sétálni. Leült mellém a padra, beszélgettünk, miközben a kutyák szimatoltak és macskákat kergettek az utcán. Hamar jó éjszakát kívánt a tanár, azt mondta, nagyon álmos. Jó neki, mondtam, én örülnék egy kis álmosságnak. Elköszöntünk, és bejöttem naplót írni. Közben a bejárati ajtót még nyitva hagytam, hogy tovább szellőzzön az előcsarnok, és azon keresztül az én szobám is. Ma már harmadszor írok, ha az éjfél utánit is beleszámítom. Mindjárt újra éjfél. Nézzük csak! Ott tartottam, hogy mostanra, kétszer húsz év után megint nem maradt semmim, csak a mozi. De előtte a méregdrága albérletbe is belekóstoltam. –Úgy látszik, húsz éves időszakokra tagolódik az életem. Húsz év házasság, húsz év élettársi viszony. Vajon a következő húsz év mit hoz? *(megint ugyanaz a nagyvonalú számítás)*. Ha egyáltalán van még húsz évem. Azt hiszem, csak az önérzet tartott vissza, hogy rögtön újra ideköltözzem. Ezért próbálkoztam meg az albérlettel.- A nyarat még csak valahogy átvészeltem. De a tél nem várt megpróbáltatásokat hozott szokatlan hidegével. Mivel nem fűtöttem, hogy a rezsit minimálisra csökkentsem, esténként vacogva bújtam be paplanom alá.

A szoba fagyossága ismerősnek tűnt számomra. Gyermekkoromban gyakran előfordult, hogy nem volt pénzünk tűzifára. Akkor is ilyen jeges szobában aludtunk, és petróleumlámpával világítottunk. Ugyanígy vacogtunk, sőt rendes ágyam és takaróm sem volt: két szék volt a fekvőhelyem, egy télikabát a takaróm. Anyám terítette rám elalvás előtt, miközben jóéjszakát kívánt, és megcsókolt. Akkor rajtam kívül még hárman vacogtak a szobában. Apám, anyám és öcsém. De a többieknek jobb dolguk volt, mert egy ágyban aludtak, és melegítették egymást. Egyszer arra ébredtem, hogy a szoba falán milliónyi apró fénypont csillámlik, szivárványosan, csodálatos színekben játszva, foszforeszkálva az ablakon bevetülő holdfényben: olyan volt, mintha a tejút csorgott volna be a szobába. Annyira elcsodálkoztam a látványon, hogy hangosan felkiáltottam a sötétben: Nézze édesanyám, csillagok vannak a falon! –A zúzmara csillog kisfiam, válaszolt az anyám, és elsírta magát. Reggelre sokszor megfagyott a víz is a pohárban. –Már akkor megtapasztaltam, mi az a szegénység. Apám cipészmester volt, aki kitűnő eredményekkel végezte elemi iskoláját, de nem tanulhatott tovább, mert az ő apja is szegény ember (foglalkozására nézve vasutas) volt. Így mestersége gyakorlása mellett, mely nem elégítette ki fogékony elméjét, és a háztartási kasszát, minden alkalmat megragadott, hogy egyéb képességeit is kamatoztassa. Cipészként kérvényeket, hivatalos leveleket írt és fogalmazott mások számára, a környék szegényeinek olcsón, a tehetősebbeknek drágábban, a legszegényebbeknek (akiknek még náluk is kevesebb volt) ingyen. Számtalanszor kapta a fizetséget „természetben". Egy véka liszt, egy bögre zsír. Nagyritkán kolbász, szalonna. Kinek mire futotta. Akkoriban ezek nagy kincsnek számítottak. Együtt örült neki az egész család. Néha egy üveg pálinka, amiből a leghidegebb téli napokban néha mi is kaptunk egy-egy kortyot. Az igazán szegényektől sokszor csak egy „Isten megáldja." De apám ennek is örült, mert ilyenkor látta, hogy vannak nála szegényebbek is. Bár azzal nem fizethetett sem a szatócsboltban, sem a péknél, és a gyerekei száját sem tömhette be vele. – Olyan sok jót tett az apám, hogy biztos a mennyországba jutott. Ha egyáltalán létezik. Én már nem hiszek benne. Semmiben. Talán még egy kicsit a szerencsében, de abban is egyre kevésbé. Csak a tényekben hiszek: hogy megszülettem, és megöregedtem. - Ha én olyan tehetséges lettem volna, mint apám, nem mozigépész lennék, hanem minimum operatőr. - De nem örököltem tőle semmi mást, mint azt a hiányosságot, hogy nem értek a pénzhez. Mert ahhoz ő sem értett. Túlságosan gyanútlan, és jószívű volt, akárcsak én. –Egyre jobb a levegő idebent. Legszívesebben egész éjszakára nyitva hagynám a bejárati ajtót. Hajnali kettő. Megint új nap. Csütörtök. Ma nem lesz előadás. A hétfő és a csütörtök szünnap. Este viszont jön az új film. Pontosabban Gyula hozza az állomásról. Mintha kicsit álmosodnék. A moziban nincs fürdőszoba (miért is lenne, volt egy tusoló a személyzetnek, régebben ez is előírás volt, de lebontották, és most raktárnak használják), majd az emeleti kávézó mosogatójában megfürdök lefekvés előtt. De az is lehet, hogy reggelre hagyom.

Július. 14.

Szünnap. A délutáni sziesztá idején kezdem a naplóírást. Néhány órahosszát sikerült aludnom az éjszaka. Hatkor felébredtem, és még a reggeli hűvösségben elmentem a boltba. Alig vettem valamit. Tejet, kenyeret. Megengedtem magamnak öt vékony szelet felvágott luxusát. Visszafelé menet betértem a lottózóba. Állandó számaimat beikszeltem. Vettem egy plusz szelvényt, és teljesen találomra új számokat írtam rá, mert a héten soha nem látott összeget fizet az ötös. Persze ez veszélyes dolog, mert legközelebb már ezeket a számokat sem merem elhagyni, és akkor eggyel szaporodnak az állandó szelvényeim. Aztán vissza a moziba. Hűtőbe raktam a tejet és a szalámit, és elsétáltam a Hagymaház kávézójába (nálunk így hívják a volt művelődési házat). Végül is ez lett a „törzshelyem". Már írtam, hogy ugyanaz a nő üzemelteti, aki a tönkrement Galéria kávézót is annak idején, a gépterem mellett. Hozzá jöttem ide, erre a subickos helyre: faburkolatú falak, üveg és tükör mindenütt. A nő kedves, halk szavú, udvarias. Amilyet ritkán lát manapság az ember. Korára nézve a lányom lehetne. Elbeszélgettem ismerőseimmel, ittam egy kávét, elolvastam az újságokat. Aztán elköszöntem. Még időben visszaértem, mielőtt támadni kezdett a hőség. Megkezdtem a sziesztát.

Etel néni a sziesztát ligézésnek nevezte: amikor meleg délutánokon ex-nejemmel, Sebi anyjával kivonultunk kertje mogyoró- jázmin- és bodzabokrai, hárs- és fenyőfái árnyékába, és egy-egy nyugágyra leheveredtünk. Sebi a nővérével szaladgált körülöttünk, vagy pancsolt felfújható Little ocean feliratú medencéjében. Néha kijött közénk Etel néni beszélgetni. Manapság már nincs kedvem a Ligézéshez. Egyedül unalmas is az ilyesmi, a lakaltanul álló ház is nyomasztóan hat rám, de a legfőbb ok a galambürülék, mely az időközben a kert fáira telepedett több száz galambnak köszönhetően fokozatosan vastagodó rétegben fedi be az udvar földjét. A galambok a közeli gimnázium felújításakor lettek elűzve annak padlásáról. Egy részük Etel néni kertjébe, másik részük a Petőfi park fáira költözött.

Elolvastam a tegnapi újságokat is, amiket a „főnökasszony" áthoz az ipartestülettől. Majd hideg ebédet ettem. Aztán újra olvasni kezdtem. A Bernát tanár úrtól kölcsönkapott könyvet is odakészítettem. Olvasás közben sikerült elaludnom az előcsarnok foteljében. Pedig milyen kényelmetlen. Csengetésre ébredtem, kinéztem, de a folyosó túlsó végén a bejárati ajtóban nem láttam senkit. Végiggyalogoltam a folyosón, az üvegajtón át kinéztem az utcára: a bolond Czavalingáné ült a padon, mellette kutyája. És egy nagy halom papírdoboz. Ezeket gyűjti. Minden hétvégén egy fél tucatot vonszol magával valahonnan. Biztos ezzel fűt majd télen. Gyermekkorom bolond Julcsájára emlékeztet, az is dobozgyűjtő volt. Vigyorog rám. Jobb, ha szóba állok vele, különben még egyszer kicsönget. Kinyitom az ajtót, de most úgy tesz, mintha nem venne észre. – Maga csöngetett? – Én. Maga itt lakik? – nem akartam kiadni magam ennek a nőnek. Képes még éjjel is rám csöngetni. – Honnan veszi? – válaszoltam kérdéssel a kérdésre. - Nem tudom, mi baja velem ennek a Gátinénak.- folytatta. – Mindig úgy csinál, mintha nem venne észre. Még akkor is, ha utána kiabálok, hogy jó napot Gátiné! Az előbb is erre biciklizett, rákiabáltam, hogy Mit vág föl, az én férjem egy szegény zsidó volt, a magáé meg egy szegény cigány! Biztos hallotta, mert még a túlsó sarkon is nevettek, de csak tekerte azt a biciklit.-Tényleg nem itt lakik? Nem látom mostanában munkába jönni.- Későn járok haza. – válaszoltam, ami teljesen logikátlanul hangzott, de ő - a fordított eszével elfogadta a magyarázatot. Legalábbis úgy tűnt. Egy darabig kifürkészhetetlen arccal nézett rám, aztán nem firtatta tovább. De még sokáig szóval tartott. Szerencsére arra jött egy kóbor kutya, és elkezdte szaglászni a Czavalingáné kutyáját. – Nem mész onnan!? – kiáltott rá Czavalingáné, de a kutya nem tágított. – Megyek, mert még fölcsinálja!- azzal dobozostul, kutyástul elviharzott, miközben a kóbor kutya követte őket. Ez a Czavalingáné néhány háznyira lakik a mozitól, és a háza ajtajában állva, vagy az ablakban könyökölve gyakran rám kiabált, amikor jöttem dolgozni. Más dolga sincs, mint, hogy az embereket figyelje. Engem is kifigyelt, és lehet, hogy el sem hitte,

35

amit mondtam. Sebaj. Visszajöttem, és nekiláttam írni. Még mindig nem fér az eszembe, hogyan jutottam idáig. Ahogy teltek a napok, hónapok, lassan számba vettem, mit kellene majd áthoznom az albérletből a moziba, ha mégis rászánom magam a költözésre. Néhány cipő, néhány zakó, néhány fazék. Nem akartam, de nem is tudtam volna nagy, látványos költözést csapni. Egyszerre csak annyit viszek el, amennyi egy sporttáskában elfér. Senkinek nem fog feltűnni semmi. (Kivéve Czavalingánét). Ezekbe a terveimbe senkit nem avattam be. (még Bernátot sem). És nem is gondoltam komolyan. És már akkor is, a jövőn tépelődve, akarva, nem akarva, a legváratlanabb helyeken és időpontokban megleptek az emlékek. Eleinte csak ha behunytam a szemem elalvás előtt, vagy, ha egyedül maradtam, később éberen és emberek társaságában is. Életem egyes történései, helyzetei, filmszerűen kezdtek el peregni ilyenkor a szemem előtt, folytatásokban, filmszakadásokkal, és az emlékezés – e kifürkészhetetlen vágómester - szeszélyei szerint összevissza keveredve. Mint amikor először szerelmes voltam, és ez annyira elvette az eszemet, hogy összecseréltem a filmtekercseket a gépházban rolnizás közben. A nézők nem értették, hogy éledt fel a film hőse, akit már az előző részben lepuffantottak. Csak a főnököm, Károly bácsi értette. - Mit csináltál fiam, hogy keverhetted így össze a rolnikat? -A szerelem elvette az eszem, magyaráztam neki olyan őszintén és átéléssel, ahogy a filmeken láttam, még sóhajtottam is hozzá. – Károly bácsi is tudta a szerepét. A szigorú, de megértő főnök szerepét: Most már mindegy, de holnapra szedd rendbe!

Vajon a mi szerelmünket hogyan fogadta volna Etel néni, hiszen az ő erkölcsi nézetei nagyon szigorúak – úgy is mondhatnám régimódiak – voltak, ami nem is csoda, hiszen egyidős volt a századdal, amibe beleszületett. A zongoraóra utáni szertartásos kávézás közben sokat mesélt magáról. A kávéhoz mindenféle süteményt (sokszor saját készítésűt), likőröket, borokat is az asztalra pakolt ugyanabban a szobában, ahol a zongoraórát tartotta. Szembe ültetett Edinával a hatalmas asztal átellenes oldalán. Etel néni szülei elég jómódúak voltak ahhoz, hogy a fővárosba járassák az Angolkisasszonyokhoz. Ott tanulta meg a társas viselkedés szabályait, a világnyelveket, és ott kezdett el zongorázni is. Tehetsége korán megmutatkozhatott, megadatott neki, hogy a gróf Klebelsberg Kunó tiszteletére tartott ünnepségen zongorázzon. Muzikalitására a legnagyobb hatással az volt, hogy meghallgatott minden Dohnányi koncertet, és megnézett minden előadást az Operaházban. Előadás és hangverseny után pedig a hallott zene friss emlékeivel a fülében, leblattolta a partitúrát vagy a zongorakivonatot. Az akadémián Bartók tanítványa volt, de csak papír szerint, mert Bartókot lefoglalta a komponálás és a népzene. A legnagyobb elismerés az volt, hogy az akkor már nagyon fáradt, és unott arcú mester Etel néni vizsgadarabja után felnézett a jegyzeteiből, és szeme egy pillanatra felcsillant. Etel néni előadói karrierjét a zongoristák rettegett betegsége, az idült ínhüvelygyulladás törte derékba (micsoda képzavar). Az egyik vizsgára úgy ment el, hogy fél évig nem gyakorolt a folyamatos gipszrögzítés miatt. Csak a megmérettetés idejére vette le bilincsét. Így lett belőle szólista helyett zenepedagógus. Fischer Anni vetélytársa lehetett volna. Az ország egyik legnagyobbika. Későbbi tanítványainak nemcsak zenei, de erkölcsi fejlődését is egyengette, és hozzátehetjük, egy zárdafőnök-asszony szigorával. Így nem sok esélyünk lett volna rá, hogy vadházasságunkhoz áldását adja.

Most tehát úgy érzem, saját filmem keveredett össze a fejemben, és még csak a szerelemre sem foghatom. De nem is kéri számon senki. Csak magamnak kell számat adnom róla. Meg – furcsamód úgy érzem – talán rövid életű apám emlékének tartozom ennyivel. Aki megtanított arra, hogy a legnehezebb helyzetben sem szabad kétségbe esni, és, hogy a szegénységben is jó kedélyű maradjak. Betegen is élete minden percében értünk, a fiaiért dolgozott, és nagyon fiatalon meghalt. Próbálom hát a sok kusza képet sorba rakni. Első emlékképeim az Alkotmány utcához kötődnek. Itt volt szülőházam, tulajdonképpen apám nővérének háza, aki befogadott bennünket, a Vertán-telepen, egy belvíztől sújtott városrészben. Mostanában esti, „egészségmegőrző" sétáimon gyakran elgyalogolok erre. Vagy napközben elbiciklizek.

Ezekre a sétáira néha én is elkísértem. Útközben mesélt a városrész történetéről, itteni emlékeiről.

A régi, eredeti, vert falú házak már szinte teljesen eltűntek. Csupa nagy, erős, tégla vagy kőépület váltotta fel őket. Némelyik emeletes. A mi házunk helyén is új áll. És a sár is eltűnt. Széles, egyenletes betonutak fedik az egykori pocsaras földutakat. A telep építőjére már csak a neve emlékeztet. –Ha Vertán Endre, a vállalkozó kedvű pénzember az első világháború után, amikor megálmodta a később róla elnevezett városrész tervét, tudta volna, hogy húsz év múlva a következő világháború és a belvíz egyszerre sújtja majd a telepet és nyomorult lakóit, akiknek a nyomorúságát ő enyhíteni akarta. Úgy látszik a húszas szám az ő életében is a fordulópontokat jelentette. A mélyen fekvő, korábban szántóföldnek használt, de eredetileg lápos terület talaja szivacsként szippantotta be, és tartotta magában a belekerülő nedvesség minden cseppjét. Ha tudta volna, nem a puszta talajra vereti a falakat alapozás nélkül sárból, a környék legolcsóbb építőanyagából, (ami a szegény embernek még a fánál is olcsóbb volt), hanem, legalább az alapokba belerakatott volna némi téglát. A negyvenes években, a nagy esőzések idején kezdtek sorra összeomlani a telep házai, de akkor már késő volt: a ránehezedő, és a fejére olvasott felelősség összeroppantotta Vertán Endrét is. Persze ő nem csinált semmit jóindulatból, mint apám. Az ő jóindulata hideg számításokon alapult. Azt remélte, jó befektetés lesz a telep építése. Aztán, amikor nem jött be a számítása, inkább öngyilkos lett, minthogy nyomorban éljen. Hányszor lehetett volna akkor az én apám is öngyilkos, vagy én is, ha csak a pénz számított volna. De az én születésemkor még sem a háborút, sem a jövendő vízözönt nem lehetett sejteni. Legfeljebb az öregebb emberek csóválták a fejüket a telep építésekor, hiszen emlékeztek, hogy a lecsapolással termővé tett területeken valaha csak ladikkal lehetett közlekedni, és csak a nád termett meg, melyet évente vágtak.

Mi, felcseperedő gyerekek mindebből már csak annyit vettünk észre, hogy az esővizet elvezető árkokban nagyra nőtt a nád, a sás, és lapátolni lehetett a békalencsét, és mindenféle érdekes vízi lény: béka, gőte, sikló, vízipók, és vízi rágcsálók fickándoztak a habokban, melyek azután a sirályokat, gólyákat, gémeket is a környékre vonzották. De a szúnyog is megtermett. Esős időben a kocsikerekektől szabdalt földes utcán sem volt könnyű átkelni vagy közlekedni, gyakran akadtak el benne még az ökör vontatta szekerek is. De nem csak a vízi élet, hanem a nyomor is virágzott. Mégis. Nem volt még egy ilyen vidám és hangulatos kerülete a városnak. Nyár estéken, amikor a nappal hősége csillapodni kezdett, a munkából hazatérő szomszédok kiültek az utcákra, véget nem érő tréfálkozásokkal, nevetéssel hánytak fittyet életük minden nehézségének. És mi, gyerekek sem estünk kétségbe, játékot csináltunk az ínségből: a nádból nyilat, papírsárkányt készítettünk, a sarat pedig parittyatölténynek használtuk, vagy gyurmának, és megformáltunk mindent, amit csak fantáziánk kiötlött. Apámnak még ügyesebb keze volt, nemcsak a cipészkedéshez értett, hanem a ház körüli iparos munkákat is elvégezte. Mindenféle technikai újítással kísérletezett, nekünk játékokat fabrikált, vagy agyagból szobrokat gyúrt, ha olyan kedve támadt. Megformált például egy agyagkacsát, majd zománcfestékkel kiszínezte, ami olyan jól sikerült, hogy amikor én, a fia saját alkotásomként elvittem az iskolába, tanáraim a csodájára jártak, de azt is kitalálták, hogy nem én készítettem.

Mert a jó tanárokat nem lehet becsapni. Mi sem akartuk Etel nénit, de tisztában voltunk vele, hogy nála erkölcsi kérdésekben nincs pardon. Így megpróbáltuk kapcsolatunkat barátságnak álcázni, amit ő készségesen elfogadott. Hiszen én még nős voltam, Edina pedig kiskorú. (két- az angolkisasszonyok és így Etel néni szemében áttörhetetlen tabu). Hát még, ha tudta volna, hogy az ő kertjében, egy zongoraóra után „csíptem el" először Edinát, miután az óra, majd a kávézás egész ideje alatt megigézett, szinte fejbekólintott az ujjai nyomán előáradó hangok hallása és bimbózó nőiességének látása. Etel néni az L alakú sarokház kertre nyíló ajtajában (az L két szárának találkozásánál) elbúcsúzott tőlünk, és a kezünkbe nyomta a kapukulcsot. A lépcső tetején állva integetett, míg el nem tűn-

tünk a rózsabokrok és szőlőkacsok dzsungelében az L hosszú szára mentén haladva. Igencsak besötétedett, óvatos lépésekkel haladtunk a félhomályban, kezünkkel kitapogatva a falat, félrehajtva a rózsaágakat. Edina jó formában volt aznap este, Etel néni megdicsérte, bár fűzött még néhány apró intelmet a darabokhoz. Mindez, némi borral megtetézve elég volt ahhoz, hogy szokatlanul vidám és felszabadult hangulatban köszönjünk el a ház nagyasszonyától. Nevetgélve botorkáltunk hát a kapu felé a hirtelen ránk szakadt éjszakában. Aztán elült a nevetés, és helyette ottmaradt a kert csendje, melyet egy-egy tücsök tremolója, és a cipőnk koppanása csak tovább mélyített. Egyszóval minden körülmény a kezemre játszott aznap este. Edina egyszerre a kert egyenetlen téglajárdáján megbotlott, én megragadtam a karját, hogy el ne essen. Edina ebben a helyzetben is olyan volt, mint a megtestesült zene. Mint egy Schumann arabeszk, amit aznap este játszott: gyöngyöző, hullámzó, szeszélyes és perzselő. – Etel néni már nem győz várni bennünket – súgta végül megjátszott aggodalommal a fülembe. Éppen jókor, mert én teljesen megfeledkeztem az időről. De őt, úgy látszik, ritmusérzéke most sem hagyta cserben. A késlekedést a kapu öreg zárjára fogtam, amikor az utcai ablakon át felnyújtottam a kapukulcsot Etel néninek. (azóta tönkre is ment a zár, egy lánc és egy lakat helyettesíti az utca felől, hiszen odabent már csak a kutyák laknak.)

Amikor – nagyjából ugyanebben az időben és a szemközti épületben – évekkel ezelőtt az öreg mozigépész elérte a nyugdíjas kort, azt hitte, végre eljött a pihenés időszaka.

Igaz, kissé össze kellett húznom magam, írja a naplójában, egy dátálatlan feljegyzésben erre az időszakra utalva, mert a nyugdíjból nem lehet ugrálni, de annyi pénzt azért összekuporgattam, hogy vehessek magamnak egy video-kamerát, és eljárjak esküvőkre, keresztelőkre megörökíteni mások életének nagy pillanatait. Így mégis megvalósul – ha nem is egészen úgy ahogy elképzeltem – régi álmom, hogy operatőr lehessek. Csak annyit dolgozom, amennyit akarok, csak annyi munkát vállalok, amennyire a pénzszűke rákényszerít: a magam ura leszek végre. Később mégis vissza kellett mennem dolgozni, és ez az állapot azóta is tart. Video-kamerámat idő és pénz híján kénytelen voltam eladni, *(elsőként nekem ajánlotta fel, és meg is vettem)*. Ezen az évfordulón, hatvanévesen, egyszerre rádöbbentem, hogy már tizennégy évvel öregebb vagyok, mint az apám volt, amikor meghalt. Milyen fiatal volt. Bárcsak fordítva történt volna. Apám megérdemelte volna a hosszú életet, de a sok munka sírba vitte: eredetileg a sírkőfaragást akarta kitanulni, viszont inas korában a sok kőtábla emelésétől gyomorsüllyedést kapott. Így lett belőle cipész. Mivel nehéz munkát már nem vállalhatott, az abban az időben elképzelhető legnagyobb szegénységben éltünk, hiszen a cipész szakma nem jövedelmezett olyan jól, mint a sírkőfaragás. Ezen a kérvények írása sem sokat javított, sőt az sem, hogy apám találmányok készítésével is próbálkozott. Emlékszem például az önműködő vasúti-kocsi összekapcsolóra, mely automatizálta volna a vasutas szakma egyik legveszélyesebb munkaműveletét. Nem véletlen foglalkoztatta a probléma apámat, hiszen vasutas család sarjaként gyermekkorát egy vasúti őrházban, azaz bakterházban töltötte. A találmányt megépítette kicsiben, a családunk szeme láttára mutatta be a működését. Ebből meggazdagszunk, gondoltam, és mondogattam akkor még beszélni is alig tudó öcsémnek, de a találmányi hivatalba elküldött modellt elsüllyesztették valahol, és életünk semmit sem változott. Végül megsérülve, összetörve visszakerültek a modellek, de már csak gyerekjátéknak voltak jók. Apám továbbra is kalapálta és foldozta egész nap a cipőket, írta a kérvényeket. Műhelye a lakás egyetlen szobájából volt egy függönnyel lekerítve, így mi, a két fiúgyerek már kora reggel kopácsolásra ébredtünk. Petróleumlámpával világítottunk, ami elég gyér fényt adott, füstje pedig csípte szemünket, torkunkat, így amikor évtizedekkel később hallottam a dalt a rádióban a petróleumlámpáról, és odaért a szöveg, hogy „milyen szép a lángja", azt mondtam magamban: majd megtudnád milyen szép, ha emellett nőttél volna fel.

41

Így teltek a hetek, hónapok, és miközben esténként meglátogattam, semmit sem vettem észre költözési szándékából. Időnként alva találtam a hangosan zakatoló vetítőgép mellett, ilyenkor visszafordultam, hadd pihenjen, mert panaszkodott, hogy álmatlanságban szenved. Amikor elszunnyadt a gépházban, néha félálomban összetévesztette a vetítőgép zakatolását azzal a kopácsolással, amit apja keltett több mint fél évszázada, amikor a szögecseket verte a cipő talpába. A profizmus azonban mindig kellő időben felébresztette, hogy át ne aludja a tekercsváltás idejét. Olyankor egy pillanat alatt visszazuhant gyermekkora magaslataiból öregkora mélységeibe, (mert a gyerekkor, bármily ínséges is, utólag mindig szépnek tűnik) és vetett egy pillantást a tekercsre. És, ha eljött a váltás ideje, levette a „biztonsági befőttes-gumit" a lengőkapcsolóról, melynek csak filmszakadáskor és a film lefutásakor szabadna működésbe lépnie, de néha önállósítja magát (ez a befőttes gumi megoldás saját találmánya, lám, ő is örökölt valamit apja feltaláló hajlamából) és bekapcsolta a másik gép xenon-lámpáját, amit egy fémes sercenés kísér. A xenon-lámpa meggyújtása akkor energiát igényel, hogy a fémes sercenést követően néha az a gép is leáll, melyről a vetítés éppen folyik, - a Flamex-kapcsoló érzékenysége miatt történt -, magyarázza ilyenkor, -melynek csupán tűzveszélynél kellene aktiválódnia-, és egy pillanatra elsötétül a vászon, és ezzel együtt a nézőtér is, amit persze fütty és káromkodás kísér odalent, de néhány lépés a második géptől az elsőhöz, egy kattintás, és folytatódik a vetítés, persze, még mindig az első tekercs forog, mert az előbb csak a xenon lámpa lett működésbe hozva. – Ilyen gixer mindenkivel előfordul, hiszen nem is én tehetek róla, hanem ezek az öreg gépek. –legyint a közönség morajára. Aztán odaül a kabinablakhoz, és nézi a filmet, de egész mást lát ő, mint a nézők, Az amerikai mozi tömegterméke nem érinti meg a szívét. Pedig tudja, hogy a moziipar alapítói közt sok magyar volt. Adolph Zukor, William Fox. Csak a titkos jeleket figyeli, melyet rajta kívül senki sem vesz észre, egy futó suhanást a képen, mely figyelmezteti azt, aki olvasni tud belőle: indulhat a következő tekercs. És egy újabb kattintással indítja is a következő tekercset - a másik gép pedig automatikusan leáll, ahogy lefut róla a film, tekergőzve, mint *egy bozótba menekülő sikló, erről a mostmár befőttes-gumi mentes lengőkapcsoló gondoskodik - és ő otthagyja a kabinablakot, visszaül karosszékébe, mert a most vetített filmet sem tartja érdemesnek további figyelemre az „üzemi" kockákon túl, és látom tekintetén, hogy szeme előtt más filmek peregnek, megismételhetetlenek, és egyszeriek, amilyet ma már csak nagyon ritkán lát.*

A nyugdíjat nem sokáig tudtam élvezni, mert az ipartestület által gyorstalpaló tanfolyamon kitaníttatott új, fiatal mozigépészek nyolc xenon-lámpát kiégettek (darabjuk akkor százötvenezer forintba került, most körül-belül a duplájába), és állandó meghibásodásokat okozva, melyeket megjavítani sem tudtak, csaknem tönkretették a vetítőgépeket is. Ekkor üzent volt munkaadóm, hogy továbbra is szükség lenne rám. A hobbiként indult videózással együtt hirtelen olyan elfoglalt lettem, mint nyugdíj előtt soha. Ráadásul esküvőket sem tudtam tovább vállalni, mert szinte mindig egybeestek az előadásokkal. - Volt egy másik oka is, hogy visszahívtak és én visszamentem vetíteni annyi nyugdíjas év után: időközben nyugdíjba ment volt főnökasszonyom is, aki útszéli modorával és erőszakosságával tönkretette nyugdíj előtti utolsó éveimet. Neki is mindene a pénz volt, ezért vállalta el még a mozi vezetését is, bár fogalma sem volt a szakmáról. De vezető pártfunkciót töltött be, és azzal akkoriban sok mindent el lehetett érni. Hogy még több pénze legyen, libákat is tartott egy tanyán. A libáktól aztán eltanulta a gágogást és a nyaktekergetést: minden sarokba benézett, és még a plafonon is pókhálót keresett, hogy legyen mibe belekötnie. Mintha az én dolgom lenne a takarítás.

Amikor nekem erről mesélt, szemléltetésképpen utánozni kezdte főnökasszonya fej- és szemforgatását, és hangja is gágogóvá vált, olyan meggyőzően, és átéléssel, hogy valamelyik komikus színész-kedvence, mondjuk Latabár jutott eszembe (azok még igazi színészek voltak, szokta mondani). - A biciklimet hátratolatta velem az udvarra az a némber, folytatta immár újra emberi hangon, nem engedte sem a folyosón, sem a raktárban tartanom, pedig a kollégáimat nem zavarta. Ellenszenvemet ez iránt a liba iránt

43

mindenki ismerte, így amikor megtették az ajánlatot, az is megsúgták, hogy ő is elkerült már a háztól, nyugodtan dolgozhatok, ők békén fognak hagyni, és a biciklimet is oda teszem, ahova akarom.

Emlékszem, még sokáig beszélgettünk aznap este, amikor a liba-jelenetet eljátszotta, odalent a közönség, idefent a kerepelő vetítőgép, majd lepergett a második tekercs is, és időközben vége lett az előadásnak. Mi a filmből nem sokat láttunk, és amíg a közönség kifelé tódult, (tódult? inkább csak szivárgott) az öreg mozigépész lesétált a gépház mögötti galéria lépcsőjén, a nézőkkel szemben lépkedett, csoportjaik ösztönösen megnyíltak előtte, a pénztárnál magához vette a kulcsokat, és elindult a nézőtér felé. Mire odaértünk, már kiürült a terem, pedig a vásznon még a szereposztás pergett. A széksorok mellett elhaladva becsukta az oldalajtókat, melyek már csak vészkijáratként szolgálnak: mostanában olyan gyér a közönség, hogy elfér egymás mellett a bejárati előcsarnokban az első előadás kimenő, és a második előadás bejövő nézőserege. Az utolsó oldalajtón át kijutunk az oldalfolyosóra, mely mostanában szintén használatlanul áll, régen szünetben vagy előadás után itt tódult ki a közönség az udvarra. Most székek, asztalok, söröskládák raktárául szolgál, melyeket ipartestületi rendezvényekhez használnak. Innen az udvarra kerültünk, odakint már sötét volt, még egy lépcsősor, majd még egy, és a pincében találtuk magunkat. Innen fűtik a nézőteret, Mondta a mozigépész, és lekapcsolta a kazánt. Előregörnyedve lépkedtünk az alacsony boltívek alatt. – Itt valahol van a tekepálya is? – kérdeztem. Egy ajtóra mutatott. Megnyitottam. Mögötte dohszagú sötétség. – Ott nincs világítás. Majd egyszer zseblámpával lejövünk, ígérte. Visszasétáltunk, miközben bezárta az udvari ajtókat és a vészkijáratokat. A fiatal pénztárosnő – a „főnökasszony" – a bevételt számolta ablaka mögött. A büfésfiú néhány haverjával a tévét nézte, nevetgéltek. Mi felkaptattunk a gépházba. Megvártam, amíg elcsomagolja az aznapi filmet, amit Gyula, a büfésfiú visz ki az állomásra ócska autójával. Aztán biciklijét a raktárból előtolta, – most már senkit nem zavar, hogy ott tartja-, majd elindultunk haza. Én csak ide szembe, ő pedig hideg albérletébe. Ez természetesen a beköltözése előtti időkben történt.

Így húztam ki a telet, a nappalokat a mozi és a kávéházak melegében töltve, miközben az albérlet kényszerű éjszakai hidegében összeszedtem egy hörg- és egy hólyaghurutot. A nyár azután némi enyhülést hozott életétemben, bár akkor meg a szellőzetlen és légkondicionálóval fel nem szerelt gépház hőségével kellett megbirkóznom, melyhez a kinti kánikulán kívül hozzájárult a két hatalmas csehszlovák Meopta 5 X típusú vetítőgép és az őket megvilágító magyar Xenolux készülék üzemi hőtermelése is. *(ezek a nevek, a Flamex kapcsolóval együtt holt mexikói romvárosokat juttattak eszembe).* És estéről-estére, vetítésről-vetítésre a hőguta ellen küzdve, az ipartestület vezetőségét átkozva, akik nem járultak hozzá a klímaberendezés költségeihez (még szerencse, hogy a xenon-izzóban képződő ózon elvezetéséről munkavédelmi előírás gondoskodik), már előre féltem a következő téltől, és titokban fontolgattam a költözést. Az állandó hőség okozta étvágytalanságtól és a gépház szauna-hatásától lefogyva róttam esténként előadás után vagy a hajnali hűvösségben az utcákat, hogy kiszellőztessem a fejemet. Nappal a globális felmelegedéstől, és ózonréteg elvékonyodásától nekivadult gyilkos napsugarak miatt ritkán merészkedtem ki az utcára, inkább a mozi-épület viszonylag hűvös földszinti helyiségeiben kerestem menedéket. Az öreg falak közt kószálva a kihalt, málladozó vakolatú és sötét termek zugaiban újra és újra fiatalkoromnak egy-egy emlékcserepét is megpillantani véltem: ilyenkor eszembe jutott, hogy milyen pezsgő, kavargó élettel töltötték meg ezt az épületkomplexumot annak idején a szórakozni vágyó iparosok. Odalent a jelenleg használaton kívüli pincében tekepálya működött. A hatalmas golyók gördülése és a bábuk csattanása az előadás előtt és az előadás utáni csendesebb esti órákban felhallatszott a mozi termeibe. A földszinti előcsarnok hátsó részét most a büfé, és a mögötte levő raktárhelyiség zárja le. Itt lehetett egykor a biliárdterembe, és a pincebeli teke-pályához vezető lépcsőhöz jutni, azon túl pedig a kerthelyiségbe.

Hat éves koromban jártam először ebben az épületben, ugyanebben, mely most munkahelyem. Anyám hozott el a moziba. Még olyan kicsi voltam, hogy az ölében ülve néztem az előadást. A Szegény kis gazdag lányt vetítették Shirley Temple-lel a főszerepben, aki felnőtt korában ENSZ küldött, később ghanai majd csehszlovák nagykövet – és a rossznyelvek szerint kettős ügynök -lett. Azon az első, emlékezetes előadáson már meglegyintett a mozi varázsa. Állandóan forgolódtam anyám ölében. Hol előre, hol hátrafelé néztem, mert nemcsak az érdekelt, ami a mozivásznon történik, hanem az a fénycsík is, mely a fejünk fölött villódzott, és az a két titokzatos kis nyílás is a terem végében, magasan a falba vágva, ahonnan kiömlött a fénycsóva, mint a tejút: megfigyeltem, hogy egyszer az egyik ablakból sugárzott a fény, máskor a másikból. Láttam, hogy amikor előtör a falból még egészen keskeny, majd kúpszerűen kiszélesedik, és mindenféle porszemcsék úsznak benne. A vetítővásznon pedig életre kel. Ez már önmagában is csoda volt. De legalább láttam, hogy a fény honnan származik. A hang forrása azonban továbbra is rejtély maradt számomra. Nem értettem, hogy hol beszélnek bele a vetítővászonba. Az előadás hosszú szünetében végigjártuk anyámmal a mozihoz tartozó folyosókat, kimentünk a vendéglő kerthelyiségébe, bekukkantottunk biliárdterembe, és lekaptattunk a pincébe a kuglipályákhoz. Szürke, nehéz életünkhöz képest ez a hely valóságos elvarázsolt kastélynak, csodák tárházának tűnt. Azt hiszem, aznap dőlt el, hogy filmes leszek. Hol van már a tekepálya, a biliárd, a kerthelyiség, de különösen a virágzó élet: ma már mindebből semmi sem maradt, csak a mozi épülete, és az sem a régi. Valóban: a kertvendéglő helyén már csak az ételszállító teherautók durva, feltöredezett betonnal burkolt, a közkonyhákra jellemző állott káposzta, avas zsír és moslékszagú parkolója pöffeszkedik, a hozzátartozó egykori étteremben pedig a város központi konyháját hozták létre, innen látják el az iskolákat, óvodákat, közintézményeket ebéddel. Hogy a tekepályával és a biliárd asztalokkal mi történt? A szokásos. Ami mozdítható volt, azt elcipelték a kommunisták, illetve a nevükben eljáró rablópandúrok, mint a dekadens, züllött polgári rendszer immár fölösleges tartozékait és szimbólumait. A nagyobb darabokat kerítésdeszkának, a biliárd dákókat babkarónak, a bábokat és a labdákat kerti dísznek használták, vagy – jobb esetben – eredeti formájukban az új hatalom kiváltságosainak titkos főhadiszállásaira helyezték át. (ugyanígy jártak a folyó menti evezősklubok és vízicserkész-egyesületek csónakházai is). De akkor, a vásznon életre kelt képpel, a mozgóképpel való első találkozásomkor az ipartestületi szórakozó központ még a virágkorát élte. Ez a találkozás megváltoztatta életemet. Amikor otthon a délutáni napfény elől anyám befüggönyözte az egyetlen szobát, észrevettem, hogy a függöny résein beszivárgó fénysugarakat ugyanúgy a bennük kavargó porszemek, vagy a tűzhelyről felszálló gőz és füst tették láthatóvá, mint a mozi nézőterében. Azt is megfigyeltem, hogyha valaki elment az ablakunk előtt, vagy ha egy nagyobb szekér haladt az úton, annak árnyéka a falra vetődve az ellenkező irányú mozgást mutatta, sőt néha az alakját is ki lehetett venni. Apámnak feltűnt különös érdeklődésem, és fizikai tanulmányaira visszaemlékezve a legkülönbözőbb optikai játékokat kezdte el barkácsolni nekem. Legtöbbjükhöz csak egy gyertya, némi kartonpapír vagy sztaniolpapír kellett. A camera obscura és laterna magica-szerű szerkentyűk, fény- és árnyjátékok készítését én, a fogékony gyermek is gyorsan elsajátítottam, és hamarosan öcsémet, valamint a szomszéd gyerekeket kezdetleges, de mégis csak saját készítésű, otthoni képszínházammal kápráztattam el. Először estéként az egyetlen lakószoba félreeső zugában, ahova nem jutott el a konyhafülke, vagy a cipészműhely halvány fénye. Az esti csendben csak öcsém szuszogását hallottam magam mögött, aki addig figyelte bátyja tüzeskedéseit, míg el nem aludt. Az optikai kísérletek, és a játék filmszínház azonban lassan kinőtték a lakószoba és az anyai türelem kereteit. Így hamarosan a padlásra helyeztem át kellékeit, ahol ráadásul nappal is sötétséget tudtam produkálni. A hitelesség kedvéért belépti díjat is szedtem, amit nem feltétlen kellett valódi pénzben kifizetni. Egy jobb kinézésű kődarab, szög, drót, bogárpáncél vagy egy alma is megtette. Láthatatlan pénzérméket is elfogadtam a pénztárnál, ha nevük hiteles vagy elég jó csengésű volt. Egyszer egy kislány egy csokor virágot hozott fizetség gyanánt. Aki megvette a belépőjegyet, a városi mozi filmjeinek felejthetetlen hőseit az Alkotmány utcai mini-moziban viszontláthatta, még ha csak álló és árnyképeken is. Filmvászonként rendszerint egy papírláda oldala szolgált. A mozi berendezésében nagy segítségünkre volt Bolond Julcsa, nagynéném egyik pártfogoltja, aki Czavalingánéhoz hasonlóan napjának nagy részét azzal töltötte, hogy járta a várost, és az üzletek, raktárhelyiségek mögé kirakott papírdobozokat összegyűjtötte, és hazavitte tüzelőnek. Néha hatalmas rakás tornyosult belőlük az udvar valamelyik sarkában. Ezekből a ládákból kedvünkre válogathattunk, amikor a padláson berendezkedtünk. Bolond Julcsa csak egy volt azok közül, akiket nagynéném a városi szegényházból kivett gondozásra, némi fizetségért cserébe. Ő, mármint nagynéném, volt a ház tulajdonosa, és biztosabb pénzt remélt a gondozásból, mint, hogy albérletbe kiadja a szobáit mindenféle ismeretlennek. Gondozottjai közül nevezetes volt még egy Dutyi Tóni becenevű másik bolond is, akinek még annyi hasznát sem vette, mint Bolond Julcsának, ellenben a környékbeli munkásemberek sokat tréfálkoztak vele és rajta, amikor a közeli kiskocsma teraszán üldögélve meglátták közeledni. Meghívták egy italra, és jókat nevettek eredeti beszédmódján, katonás, de naiv viselkedésén. Kezébe nyomtak például néhány újságot, és betanították különböző rikkancs-mondókákra. Egyre még mindig emlékszem: Este Kurír, A nép, reggel jön az Új nemzedék. Azután jót szórakoztak rajta, amikor elindult a Vertán telepi utcákon, és fennhangon kiabálta a betanított szöveget. Tehát Bolond Julcsa papírládái is felkerültek a padlás-mozi egyszerű díszletei közé, mely minden hiányossága és kezdetlegessége ellenére egy óriási előnnyel rendelkezett az igazi mozival szemben: kizárólag a mi mozink volt. Akkor még nem voltam benne biztos, hogy filmrendező vagy operatőr akarok-e lenni, de afelől nem volt kétségem, hogy életem egybefonódik majd a mozgóképpel. Hamarosan azt is megtapasztaltam azonban, hogy milyen tűzveszélyes iparba fogtam: a huzat hatására egyszer a gyertya lángja belekapott egy elsötétítésre használt régi esernyő vásznába, és kis híján még a padlás is felgyulladt. A mini-moziból csak néhány elszenesedett torzó maradt. Nagy rendező vagy operatőr akartam lenni. De nem lett belőlem csak egy egyszerű mozigépész. Akinek öregkorára nincs semmije, csak egy öreg mozija. És az se a sajátja.

48

Mióta ideköltöztem, reggelente hallom az élelmiszer alapanyagokat szállító mikrobuszok, teherautók berregését, a beszállítók kiabálását, és az edények koccanását, ládák csattanását, zsákok csusszanását az átvevőablak betonján. A sofőrök nyers hangját. Elképzelem, mi mindent hozhattak, Megérkezett a tej, kenyér, zöldség, hús, a zsír, olaj, cukor és liszt. Rizs, tarhonya és tészták. Fűszerek. Egyszóval minden, amire egy városi konyhán szükség lehet. Álmatlanságom miatt a hajnal első fényei rendszerint ébren találnak. És még ágyamban fekve, hosszú percekig nézem, ahogy a porszemcsék úsznak szoba félhomályában az ablakon beözönlő sugárkévében. Ilyenkor sokszor nem is tudom hirtelen, hol vagyok, hány éves vagyok, ki is vagyok. És mindenféle képek, hangulatok suhannak át rajtam, régi esős napok, hosszú, árnyas délutánok futó képei, gyermekkoromé, fiatalkoromé. De ezek a látomások csak pillanatokig tartanak, és marad a jelen kijózanító csendje és üressége. Meg a nyár hősége.

Ugyanaz a hőség, mint tavaly. Azon a bizonyos napon is döglesztő meleg volt. Az öreg, hogy folyadékveszteségét valahogy pótolja végigkóstolta a földszinti büfé italrepertoárját, és úgy találta, legjobban az egyik citromos üdítőital oltja a szomját, melyet ettől kezdve rendszeresen szürcsölgetett. Italmeghívásaimat rendre visszautasította, de a büfésfiú elárulta, hogy mi a kedvence, és amikor felvittem neki egy-egy üveggel belőle, a szája szögletében megjelenő alig észrevehető fanyar - amolyan Buster Keatoni - mosoly jelezte, örül neki. Aznap is nagyon meleg volt, csak az este hozott egy kis enyhülést, és kedvem szottyant megnézni, milyen filmet játszanak. Hát átsétáltam, csak úgy papucsban és kemping-nadrágban, felkaptattam a közönség elől bolyhos kötélakadállyal elzárt lépcsőn a galériára. Akkor már nem működött a kávézó. De én a bennfentesek magabiztosságával leakasztottam a bolytos kötélakadályt a lépcső alján, majd visszaakasztottam magam mögött. Benyitottam a gépházba vezető tűzbiztos vasajtón, és már készültem, hogy a hatalmas zajjal kereplő, zúgó masinériát túlkiabálva köszöntöm az öreget, amikor, beljebb lépve megláttam, hogy a gépház túlsó végében a vetítőgépek

49

takarásában egy széken ülve szunyókál. Úgy látszik, ebben a zajban tud a legjobbat aludni, gondoltam. *Már visszafordultam, de utánam szólt, hogy ne menjek el, mert nem alszik, csak elbóbiskolt. Kezet ráztunk. Mit adnak ma este,* kérdeztem, amire egy vállrándítás kíséretében a szokásos választ adja. *Azaz, hogy nem is tudja. Ami azt jelenti, hogy ez a film sem érdemes arra, hogy a címét megjegyezze. Aztán odahajolok a két „tűzbiztos" kémlelő ablak egyikéhez, amit kabinablaknak hív a szakmai zsargon és belenézek a filmbe. Néhány pillantás után ugyanarra a véleményre jutok, és megnyugszom, hogy nem hagytam ki semmit. - Az amerikai filmek monopóliuma-* panaszkodik az öreg egy sóhaj kíséretében. *Eszembe villant, hogy befelé jövet a csődbejutott emeleti kávézó elegáns asztalain egy ételhordó félig telt lábasait, paprikás-zsírtól virító edényeket, némi kenyérmorzsát, szanaszét heverő mosatlan evőeszközöket és tányérokat láttam. Sejtelmes gyanú ébredt bennem. Olyan volt, mintha egy legénylakás konyhájába cseppentem volna. Az emeleti kávézót az ipartestület az egykori, azóta lebontott mozi-páholy előteréül szolgáló galérián rendezte be, melyen keresztül egyben a gépházhoz is lehetett jutni. El is nevezték Galéria kávézónak. Aztán kis forgalma miatt a kávézó egy év után megszűnt, de berendezése a pulttal, kávéfőző géppel, a rusztikus hangulatú párnázott zsámolyokkal és a bársonyterítővel fedett kerek asztalokkal megmaradt. Az odavezető szűk lépcső falán a város szülötte, a később országos hírű színész bekeretezett fényképe és egy emléktábla koszorúval annak a napnak a megörökítésére, melyen a mozi nevét a sablonos és immár anakronisztikus Vörös Csillagról a színész nevére változtatták. Odafent a galéria falain pedig a nemzet és a világ nagy színészeinek fényképei. A kávézót utoljára akkor használták, amikor a Honfoglalás díszpremierjére érkezett vendégeket fogadták.*

Innen nyílik az a fehérre festett vasajtó, melyen a Gépház, idegeneknek belépni tilos felirat jelzi a mögötte levő helyiség rendeltetését. A nyolcvan éves felirat egyébként már érvényét veszítette, mert hála az „éghetetlen filmek" megjelenésének, és annak, hogy a szénelektródákat Xenon-lámpa váltotta fel, nincs többé valódi tűzveszély.

Az Umformerre sincs szükség már, ami a valtóáramot egyenárammá alakította. Miközben a mosatlan edényeken töprengtem, megdörrent a vasajtó, Gyula lépett be rajta: „Feri bácsi, megérkezett Tótkomlósról a csomag." Az öreg felkászálódott. Gyula után indultunk. Egy hatalmas fémládában, a szemem láttára tették le nagy dübörgéssel a galéria lépcsőjének fordulójára a következő előadás filmjét. Az öreg lebaktatott, felkattintotta a láda fedelét, majd a benne levő fémkorongokat, melyek a filmtekercseket rejtették, két, láthatóan erre a célra kiképzett, kopott bőrtáskába csúsztatta és elindult velük felfelé a lépcsőn. Segíteni akartam, de visszautasította, mondván: ennyi mozgás kell. "Már nem is élnék, ha nem végeztem volna egész életemben nehéz munkát." Felért a galériára. A használt edényekre pillantott. A tekintetemben rejlő kérdésre, ő maga bökte ki a végzetes szót: „Beköltöztem". A bejelentés meglepett, de nem ért váratlanul. És hol alszik, kérdeztem rövid hallgatás után. Itt, bökött fejével a másik vasajtóra. A galériából annak legvégén, a gépház vasajtaja után még egy egészen kicsi, a gépháznál is kopárabb helyiség nyílik. Ez a mozigépészek öltözője. Akkora, mint egy modern lakótelepi lakás konyhája. Szűkös, szánalmas kuckó központi-fűtés és vízvezeték csövekkel elcsúfítva, minden berendezése egy vízcsap, egy kopott radiátor és egy horpadt ajtajú fém öltözőszekrény. Olyasmi, amit régi gyárak, vagy sportlétesítmények öltözőiben lát az ember. A helyiséget csak egy apró ablak világítja meg felülről. Kéretlenül benyitottam, és a látványtól arcom még nagyobb megdöbbenést árulhatott el. Három fémkeretes, műbőr bevonatú fekete fotel egy lepedővel, egy párnával és egy paplannal letakarva és nyilvánvalóan ágynak megvetve, mint gyermekkorában. Van azért némi fejlődés: nagykabát helyett ágynemű, szék helyett fotel (a fotel szót csak képletesen használtam annak a kartámla nélküli ülőalkalmatosságnak a jelölésére, melyet még az inkvizítorok is megirigyeltek volna kényelmetlensége miatt, és melyekből odalent a mozi előcsarnokában egy egész sor áll csatarendben a vendégek számára, akiknek legalább megvan a választási lehetőségük: eldönthetik, hogy az előadás előtti várakozás perceit ezeken szenvedik el, vagy inkább állva maradnak arra a rövid időre, amíg be nem engedik őket a nézőtérre, ahol a nem sokkal kényelmesebb párnázott zsöllyefotelekben végleges helyüket elfoglalják). A csővezetékeken száradó fehér-neműk lógtak. Az öltözőnek is szánalmas odú így, hálószobának berendezve még siralmasabb látványt nyújtott. Az ággyá alakított foteloktól már lépni is alig lehetett. Azt méricskéltem tekintetemmel, egy valódi ágy elférne-e itt. -Hát, nem eshet valami kényelmes alvás ezeken a székeken, -jegyeztem meg. -Ki lehet bírni, hangzott a válasz egy lemondó legyintés kíséretében. Amíg jobbra nem telik vagy meg nem nyerem az ötöst. Ma sem nyertem meg- tette hozzá, aztán elnézést kért, és visszament a gépterembe, hiszen még zajlott a vetítés. Egy darabig tanácstalanul toporogtam az öltözőben, majd utánamentem. Ő már megkezdte a filmek rolnizását. A gépen már az utolsó tekercs forgott. Végezte munkáját. Tekercselt, kapcsolt, rezzenéstelen, Buster Keaton-i arccal, mintha mi sem történt volna. Lelkiismeret furdalásom támadt. Úgy éreztem, elhanyagoltam öreg barátomat, nem figyeltem rá eléggé. Igaz, ha ismerem a helyzetet, akkor sem sokat tudtam volna tenni ellene. Az előadás végén lementünk bezárni a nézőtéri ajtókat, majd leütünk a tévé előtt az előcsarnokban. Éppen valami régi magyar filmet közvetítettek. Az öreg nézni kezdte, és elhalmozta dicsérő jelzőkkel. – Az ilyen filmeket szeretem. Szórakoztat, és a való életről szól. Teljesen elmerült a film élvezetében. Elérkezettnek láttam a pillanatot, hogy elköszönjek. Hiszen minden gond, baj dacára jókedvűnek és önfeledtnek láttam barátomat. Marasztalt, hogy én is nézzem végig a filmet.

Most azonban nem volt kedvem hozzá. Az öreg mozigépész méltatlan körülményei aggodalommal töltöttek el. Nyugdíjas korára székeken kell aludnia, mint egy csavargónak. Aznap este kényelmes ágyamban elnyújtózva eszembe jutott ő, és, hogy milyen éjszakája lehet azon a kényelmetlen, alkalmilag összetákolt fekvőalkalmatosságon, egyedül abban a hatalmas épületben. Arra gondoltam, hogyha nem találok más megoldást, saját lakásomban ajánlok fel neki egy ágyat. Ismerve azonban önérzetességét, mely egy ital elfogadásában is vonakodóvá teszi, kétséges, hogy elfogadná. A helyzet megoldásában egy véletlen sietett a segítségemre. Tudomásomra jutott, hogy családunk egyik régi barátja el akarja adni nemrég elhalt szülei üressé vált házát, így a benne levő bútorok feleslegessé válnak. Egy részükre lecsaptak a régiségkereskedők. A többit barátunk közszemlére tette ismerősei között: akinek kell valami, ingyen viheti. Ebből a kínálatból néztem ki egy kinyitható heverőt. Az elszállításban Edina zenésztársai voltak a segítségemre egy szombat délelőtt. Egyikük Trabanttal vontatott utánfutójára felpakoltuk a kiválasztott bútordarabot. Aznap is tikkasztó hőség olvasztotta a járdákat, és űzte az embereket a folyópartra vagy a belvárosi fürdőbe. Így reméltem, hogy öreg barátomat a mozi hűs falainak rejtekében találom. De csalatkoznom kellett. Hiába nyomtam a zárt dupla üvegajtó melletti csengőt, nem láttam őt megjelenni a hosszú bejárati folyosó túlsó végén a csapóajtóban. Mit tegyünk? Nem hagyhattuk a heverőt az utcán. Néhány percnyi várakozás után saját házam zárt kapubejárójába állítottuk a fal mellé, majd elköszöntem segítőimtől, akiket már vártak otthon ebédre. Én is behúzódtam lakásom homályába és hűvösébe, és az ablakból figyeltem, mikor érkezik meg öreg barátom. Nem kellett sokáig várnom. Fél óra múlva megpillantottam, amint a főtér felől a hőségtől elcsigázott léptekkel közeledett. Egy vadmálnaszüretből barlangjába visszatérő medvére emlékeztetett. A kezében lóbált szatyorból ítélve bevásárolni lehetett. A hírre, hogy összetákolt fekvőhelyét rendes ágy fogja felváltani, azzal az alig észrevehető, szomorkás mosollyal válaszolt, ami nála az öröm vagy jókedv ritka pillanatait jelzi. A nemsokára megérkező büfésfiú segítségével darabokra szedve vonszoltuk fel a galériára vezető szűk lépcsőn, majd préseltük be a még szűkebb ajtón az öltözőbe a kissé ormótlan fekvőalkalmatosságot. Megkínlódtunk vele, de amikor a helyére került, egyszerre otthonosabbá tette a zord odút. Összecsukott állapotában nem is foglalt túl nagy helyet, és kényelmes ülés is esett rajta (a gyűrött lepedőt, párnát, paplant az ágyneműtartóba rejtettük), kinyitva pedig tágas fekvőhelyül szolgált egy ember számára. Mivel tartozom, kérdezte az öreg, amikor magára akartam hagyni. Nekem sem került semmibe, mondtam. De legalább a szállítási költségeket fizessem ki, tette hozzá. Csak, ha én is kifizethetem a jegy árát, feleltem, hogy lezárjam a témát (hiszen amióta barátságába fogadott, ingyen látogathattam az előadásokat).

Élete újra és fizikailag is egybefonódott hát a mozival, melyet szeretett és gyűlölt, de amely nélkül létezni sem tudott, mint egy házasságban. Innen indult el kisgyermekként, és ide tért vissza nyugdíjasan, mindene volt a mozi, és ő is a mozié volt mindenestül. Feleségei elhagyták, vagy ő hagyta el őket, mert egy nő sem viselte el a hivatásával járó bohém életvitelt - az esti és éjszakai munkaórákat, és nappali kötetlenséget. Másszóval a nagy vetélytársnő – a mozi- állandó jelenlétét. Köszönhetően a nő- és gyermekbarát törvényeknek, minden vagyonát is otthagyta feleségeinek és gyermekének. Talán visszakaphatott volna belőle valamit, de nem szeretett pereskedni. Utálja a bíróságot. Még az épületet is elkerüli, ha teheti. Így hát inkább veszni hagyta mindenét. Csak ez a néhány lábas, meg személyes ruházata maradt. Rokonai nem sokat törődtek vele, és ő sem sokat törődött velük. Csak legnagyobb és leghűségesebb szeretője, a mozi maradt hű hozzá, bár az sem volt már a régi, megváltozott, vele öregedett, alig nyújtott neki valami örömet. Szinte elhidegültek egymástól ők ketten. Csak áttekercselte és befűzte a filmet, és elindította a gépet, ha harmadikat csengettek. És a „tűzbiztos kabinablakon" csak azért nézett ki, hogy a film elején élesre állítsa az objektívet, vagy, hogy a megfelelő időben kapcsolja be a másik gépet, amikor az egyik tekercsről elfogyott a cellulózszalag, és, hogy a film végén felkapcsolja a nézőtéri világítást, amikor már csak a szereposztás gördül a vásznon. Ami ezek közt a műveletek közt volt, az már egyre ritkábban érdekelte.

Edina, akit alig láttam mostanában a szabadtéri játékok miatt, első hallásra „nagyon romantikusnak" találta a mozigépész helyzetét. - Mit szólnál hozzá, ha neked a szabadtéri játékok helyszínén kellene aludnod, mondjuk a színpad alatt, fortyantam föl. – Az is nagyon romantikus lenne. Nem kéne utazgatni. És, ha bulizni akarnék, csak kilépnék a rejtekemből. Hiszen ilyenkor Sz. olyan, mint a riói karnevál . - Remélem, engem is magaddal vinnél bulizni. – Persze, utána meg a színpad alá. – De ez más. Nyár van. Képzeld el ugyanezt télen a kőszínházban. Vagy az akadémián. – Én lennék az operaház fantomja! –Értsd meg! Az öreg nem szórakozásból lakik ott! Nincs más választása. - Edinával nem lehetett komolyan beszélni az ügyről. Az ágybeszerzés után kicsit csökkent a lelkifurdalásom, de nem szűnt meg teljesen. Mintha részben én lennék felelős a helyzetért. Mintha nem lennék kívülálló. Ettől kezdve egyre több időt töltöttem a moziban, hiszen tudtam, hogy most már éjjel nappal becsengethetek.

„Nincs tulajdonosi szemlélet, a forgalmazókat nem érdekli, mi kell a közönségnek. –fogadott egy este. –Vagy, ha nagyritkán jó film van, arra sincs közönség, mert rosszul reklámozzák." dohogott, miközben a gépházból a kabinablakon át a gyér nézőtérre pillantott. „Az amerikai filmek monopóliuma, ismételte ki tudja hányadszor. Ha enyém lenne a mozi, tudnám, hogy lendítsem fel a nézettséget." Titokban örültem zsörtölődésének, mert arra utalt, hogy nem rágódik már saját helyzetén. Hadd dohogjon. Legalább levezeti az indulatait. Folyamatosan beszélt, miközben leoltotta a nézőtéren a villanyt, majd beindította a vetítőgépet. Olyan hangosan kerepelt a gép, hogy nem is értettem minden szavát. - Nem mehetnénk ki a galériára? – kérdeztem. Sajnálkozva széttárta a karját. - Hosszú időre ma – az éghetetlen filmek korában - sem lehet elhagyni a gépházat, mert ha leforog az első tekercs, el kell indítani a másik gépet. Valamikor ez a művelet is automatikus volt, - magyarázta. - Egy ezüst szalagot ragasztottak a filmnek arra a részére, ahol a kapcsolásnak kell történnie, ezt érzékelte egy mágnes-kapcsoló, és beindította a másik vetítőgépet. A mágnes-kapcsoló évekkel ezelőtt elromlott, azóta se vettek újat helyette. Kinyitott egy kis falra szerelt fémszekrényt, és előkereste a cigarettásdoboz méretű kapcsolót. Úgy néztem rá, mint egy holdbéli kődarabra. - De a harmadik tekercset már akkor is nekem kellett felpakolni, miután levettem az elsőt, kapcsoló ide, kapcsoló oda, mivel csak két gép van. Aztán jöhet a visszatekercselés, ami akkor sürgős, ha aznap lesz még egy előadás. Itt ültünk tehát, fél szemmel figyelte a pergő tekercset, és mesélt. Újra a gyerekkoráról. Ahogy most átlapozom a naplóját, ráismerek az ilyen alkalmakkor hallott történetekre.

55

Ma is elviselhetetlen a meleg. Így fog eltelni a nyár? Aztán egyszerre beállít majd a tél. Pedig milyen szépek voltak régen a kellemes, se meleg, se hideg őszi napok. Gyermekkoromban még voltak évszakok és esős nyarak. Nem is tudom, hogy bírtam volna azt a sok munkát ilyen időben. Apámról nem is beszélve. Emlékszem, a kész cipőket házhoz vitte a megrendelőknek. Néha elkísértem ezekre az útjaira. A gazdagabb megrendelőknél télen jó meleg volt, és rendszerint megkínáltak valami csemegével: csokoládéval, süteménnyel, amit otthon csak ünnepnapon láttam. Egy Kiss Ernő nevű cipész készítette a cipőfelsőrészt, apám a talpat. Zömében azonban környékbeli szegény napszámosok voltak apám megrendelői, akik nem új cipőt csináltattak, hanem a régit foldoztatták, talpaltatták, vasaltatták. Hiába volt az apám cipész, fiai nyáron mezítláb jártak, télen pedig az iskolától kapott cipőben, ami rendszerint jótékonysági gyűjtésekből származott, a gazdagabb családok adakozásából, mert saját cipőre nem futotta, és a bőr is olyan drága volt, hogy apám minden darabot felhasznált. *(Valószínűleg Etel néniék is ezek közé tehetősebb családok közé tartoztak, akik ebben az időben már itt laktak a mozival szemben).* A szilvalekvár volt alapvető élelmiszerünk, mint a legtöbb szegény gyereknek, húst néha hónapokig nem láttunk. Csak húsvétkor, amikor apámat gazdag egykori osztálytársai megajándékozták vele, ha elmentünk locsolkodni hozzájuk. Úgyhogy számunkra a húsvét szó jelentése egészen kézzelfogható volt. Apám két ilyen osztálytársára különösen emlékszem. Az egyik Nagy György boltos, akinek jól menő, hatalmas üzlete működött a városközpontban. Ő, illetve a felesége, egy gömbölyded, jó kedélyű asszonyság, a locsolkodás végén hatalmas kartondobozt adott át, melybe mindenféle édességet – csokoládét, savanyú cukrot, kakaót, süteményeket -, ritkán látott élelmiszereket, és apámnak cigarettát csomagolt, csupa olyan dolgot, amit egyébként nem engedhettünk meg magunknak. A másik osztálytárs Kirschner ügyvéd volt. Náluk az előszoba is olyan fényűzően volt berendezve, és az ajtót nyitó szobalány is olyan elegánsan volt felöltözve, hogy már belépéskor rendkívül kényelmetlenül éreztem magam és szégyenkeztem szegényes ruházatom miatt. *(Etel néni-*

éknek is volt szobalányuk, illetve cselédségük abban az időben.) Alig mertem rálépni a süppedős szőnyegekre. A szobalány nyomában a fogadószobába lépve még tovább fokozódott kényelmetlen érzésem a csillogó bútorok, aranyozott tükrök és bársonyfüggönyök láttán. Amikor pedig megpillantottam az ügyvéd feleségét, és lányát, majd a föld alá süllyedtem. Az ügyvéd felesége egyáltalán nem volt gömbölyded, ellentétben a boltosnéval. Kifejezetten karcsú, és szép, kicsit keleties arcú, ébenfekete hajú nő volt, sima fekete ruhába öltözve. Sokkal szebb, mint a lánya, aki egy hozzám hasonló korú – tíz év körüli – örökösen vigyorgó kis majomnak tűnt. Ezt a hatást fokozta két copfba szedett, selyemszalagokkal átkötött haja is. Egy brokáthuzatú szék legszélére húzódva reszkető kézzel emeltem a szájamhoz csészét, amibe a szobalány kakaót öntött, majd a tetejére tejszínhabot tornyozott. Alig ment le valami a torkomon a finom italból. Csak arra figyeltem, nehogy ügyetlenségemben kiöntsem. A tejszínhab az orrom hegyére ragadt, amin a kislány jót nevetett, de az anyja rászólt, hogy nevetés helyett inkább adjon egy szalvétát. A szendvicsekkel ugyanígy jártam. Evés közben arra kellett figyelnem, nehogy a földre essen valami – egy darab sajt, szalámi. Ezek olyan finom, és ritkán látott, ízlelt falatok voltak, hogy vissza kellett fognom magam, nehogy falni kezdjek, mint egy kiéhezett vadállat. Zavarom csak akkor engedett egy kicsit, amikor bejött az ügyvéd is, - magas, vállas, kissé kopaszodó, kissé pocakosodó, bajuszos, napbarnított arcú ember-, és kezet rázott apámmal is meg velem is. Apámat szivarral kínálta, majd konyakot töltött, és koccintottak. Néhány szó után felém fordult, és azt mondta, hogy apám volt az osztály legjobb tanulója, és, ha neki olyan esze lenne, mint apámnak, már rég miniszter lehetne. Apám ezen csak mosolygott, és valami olyasmit válaszolt, hogy azzal a miniszterséggel nem biztos, hogy olyan jól járna. Aztán a házigazda megkérdezte, nekem is olyan jól megy-e a tanulás, és, hogy mi akarok lenni. A világ legtermészetesebb hangján, és gondolkodás nélkül rávágtam, hogy operatőr. Ezen még apám is meglepődött, sőt én magam is, az ügyvéd pedig komoly érdeklődéssel nézett rám. Attól a pillanattól kezdve egyenrangú beszélgetőpartnerként kezelt,

57

és a filmekről, színészekről és rendezőkről kezdtünk beszélgetni. A témába még a szépséges ügyvédné is bekapcsolódott. Bár hangom és kezem továbbra is megremegett időnként, és valószínűleg néha el is pirultam, egyre inkább felbátorodtam a nekem ismerős területen, ami abban is kifejezésre jutott, hogy a vita hevében minden kínálás nélkül kivettem és legyűrtem még két sonkás szendvicset, és már egyáltalán nem érdekelt, hogy kinevet-e ügyetlenségemért a kislány. De a kinevetés elmaradt, és mosollyá szelídült. Így már egészen szépnek tűnt ő is, bár az anyjának a nyomába sem ért. Távozáskor a szokásos sonka- és kalácscsomag átadásakor az ügyvéd úr kezet rázott velem, és sok sikert kívánt. Néhány hét múlva pedig egy másik csomagot küldött, melyben egy doboz volt. Fedőlapján „ A kis optikus" felirat, alatta egy szemüveges, magas homlokú, kicsit koravén kisfiút ábrázoló rajz, aki néhány lencse közbeiktatásával éppen egy gyertya fordított, és nagyított képét vetíti a falra. Nem mondanám, hogy nem örültem az ajándéknak. De akkor már túl voltam saját optikai kísérleteimen, és a mini mozi-tűzön. Igazán újat nem tudott nyújtani a készlet, mert fantáziámat már a valódi mozi és a valódi élet kötötte le: apám betegeskedni kezdett, és a háború is közeledett. Egyre nehezebbé vált a megélhetés. Még szerencse, hogy, mint ismert iparoscsaládnak, volt hitelünk a környékbeli kereskedőknél: a hentesnél, a szatócsnál, a péknél, így, ha nem volt pénzünk, felírták tartozásukat „a többihez". Miután a „kis optikus" érdekesebb kísérleteit végig csináltam, nem túl fájó szívvel eladtam az ügyvédtől kapott ajándékot Szegeden egy használtcikk-kereskedőnél. Elég jó pénzt kaptam érte, amit rogtön oda is adtam apámnak, de ő visszaadta, és azt mondta, hogy engem illet. Tudtam, hogy állandó adósságaink vannak, ezért nem költöttem el a pénzt, hanem anyámnak adtam tovább, aki rögtön tudta, hol a helye. Természetesen nem oldotta meg a problémáinkat, de jól jött.

Etel néni nem ismerte ezeket a problémákat. Miközben zongoraóra után megvendégelt bennünket, felidézte a szalonjuk hangulatát. Tarokk partik, kamarazene, konyak, cigaretta, szivar. Tea. Divatból ő is rágyújtott. Keringőket zongorázott, a többiek táncoltak. Keringőt, tangót. Esetleg csárdást. Charlestont. De a nagyon modern táncokat nem szívesen játszotta. Azokat gramofonról hallgatták. Vajon a szemközti moziba átjártak-e néha? Mikor én ismertem, már csak egy bejárónője volt, meg egy kertésze. De egyik se lakott nála.

Július 22.

Most kellemes az idő, hajnalban esett. Nem tudom, meddig tart. Éjszaka valami rendezvény lehetett a gimnáziumban, mert hajnalig szólt a zene. Egyébként csendes az iskola, még messze a tanév. Akkor majd reggelente hallom az érkező diákok kiabálását a gimnázium udvarából. Ezek a mai diákok. Semmi gondjuk, csak a tanulás. Nyáron meg a „bulizás". Nekem nyáron és iskola után rendszeresen munkát kellett vállalnom, hogy egy kis pénzhez jussunk. Öcsémmel és anyámmal együtt nyaranta a városi földeken dolgoztunk, hogy enyhítsük nyomorunkat. Kétszer kiadtak kanásznak, igaz, mind a kétszer hazaszöktem. A város környéki tanyákban helyeztek el, így csak a templomtornyok irányába kellett elindulnom, és hazataláltam. A második szökésem után anyámék nem erőltették a kanászságot. Más világ volt az. A Lonovics sugárúton lőcsös kocsik, szekerek álltak sorban, hogy leadják hagymájukat a vasútnál. Ökör és bivaly vontatta szekerek is voltak köztük. A Marosi tutajokon leúsztatott fát gatterekben, azaz fűrész-üzemekben dolgozták fel.– Akkoriban még alig volt motoros jármű a városban. 10 Ford taxi, 2 autóbusz, és néhány konflis közlekedett az utcákon, a többi szekér, talicska, kerékpár. A város kórházának névadóját is ismertem, gyakran láttam, amint reggel 7 után elindult a kórházba. A zakójára piros vagy rózsaszín szegfű volt tűzve. Ez akkoriban esett meg, amikor másfél évig nagybátyámnál inaskodtam, aki bádogos volt (de plébánosnak becézték). A méntelepnél lakott a város központjában. Nagybátyám edényeket is foldozott, mint a drótostót, de fő munkája az ereszkészítés volt. Apám szakmájába is beletanultam, és foldoztam, varrtam, patkoltam, spitzeltem, talpaltam a cipőket. Néha elszaladtam

10 deka faszegért a közeli szatócsboltba Engedihez. Máskor vizet pumpáltam az előkelő házak padláson levő víztartályaiba.

Etel néni padlásán is van ilyen „mini víztorony", lehet, hogy hozzájuk is járt. Akkor láttam, amikor az első nagy betörés után leltárt kellett készíteni a lakásban maradt ingóságokról.

A gazdagabb osztálytársaktól kapott gyűjtésből időnként élelmiszert, ruhát is vittem haza. Télen csak annyi fát vettünk a szatócsboltban, ahol felaprított tűzifát is árultak, amennyire pénzünk volt, mert nem szerettünk hitelbe vásárolni, ezért gyakran fáztunk, ha a tüzelő elfogyott. A város határába is kijártunk hulladék fáért. Nehéz, szürke, dolgos életembe a mozi igazi csodát hozott. A csoda pedig onnan jött, fentről, a gépházból, azon a poros fénysugáron át, mely felváltva hol az egyik, hol a másik kisablakból tört elő. Attól kezdve – a Szegény kis gazdag lányt megismerve – nap, mint nap kerülgettem a gépházat és környékét, figyeltem az onnan kilépő két tekintélyes, indigószín köpenyes gépészt (az egyiket mindenki Károly bácsinak szólította) forgolódtam körülöttük, úgy néztem rájuk, mint istenekre. A sok munkától már jócskán megerősödtem. Így amikor láttam, hogy a gépész cipelt valamit, odaugrottam, hogy segítsek. Segítettem a hangszórót kihurcolni a kerthelyiségbe, vagy városi rendezvényekhez a főtérre vinni. Segítettem a vasútról érkezett filmtekercseket felvinni a lépcsőn. Látva segítőkészségemet és érdeklődésemet, Károly bácsi egyre kedvesebb lett hozzám, bizalmába fogadott. Kérdéseimre válaszolt. Egy nap aztán beengedett a csoda keletkezési helyére, a gépházba. Eleinte csak vetítés előtt. Úgy éreztem magam, mintha egy templomba léptem volna, ahol Károly bácsi a pap, a vetítőgép pedig az oltár vagy az orgona. Akkor még német gyártmányú Krupp-Ehrnemann gépek voltak odafent. 10 évesen már tekercseltem (rolniztam). Boltba szaladtam, ha Károly bácsi megkért, és továbbra is segítettem cipelni a rolnikat, a hangszórót. Egy nap pedig végre megadatott nekem, hogy fentről, a gépházból, a tűzbiztos kabinablakon át figyeljem a film csodáját (titokban engedtek be, mert az állandó tűzveszély miatt akkor az idegeneknek tényleg tilos volt belépni). Hét közben dolgoztam, de vasárnap a nővéremmel moziba mentem. 10 fillér volt egy harmadik hely. Leggyakrabban a „rohampáholyban", azaz az első sorban ültünk, de én egyre gyakrabban fent maradtam. Aloma, a délsziget királynője volt a címe az első színes filmnek, amire emlékszem. Negyvenhat körül játszották. Amerikai film volt, 700-an szorongtak a kerthelyiségben. Mindenki „saját felelősségére" vette a jegyet, ami azt jelentette, hogyha esett volna az eső, bent csak 400-an fértek volna el. 16-éves voltam ekkor, már fent dolgoztam a vetítőteremben, melynek ablakából a szünet kezdetén – mikrofon nem lévén – én kiáltottam le a kerthelyiségbe: 5 perc szünet. Kinevettek. De nem törődtem vele. 32-ben jött be a hangosfilm (jóval a színes film megjelenése előtt). Ezzel a film szélén megjelent a hangsáv. Fényhangnak is hívják, mutatta nekem is többször az éppen tekercselt *vagy vetített film szélén az ezüstfehér csíkot, mely – mint egy kígyó bőre – fekete harántvonalakkal apró, hosszabb rövidebb szakaszokra tagolódott.* Mert a hang technológiája azóta sem változott lényegesen. *Csak finomodott.* Amikor ezt (a fénysávot) megismertem, a hang forrása sem volt többé titok számomra: ugyanolyan fizika ez is, mint a kép keletkezése. Az a tény azonban kicsit megdöbbentett, hogy a hangnak is van képe. Manapság a sztereo hangzás miatt két hangsáv húzódik a film szélén. A mi mozinkban Dolby sztereo rendszer van felszerelve. De térjünk vissza a múltba. Mit törődtem én a közönséggel, amikor kinevettek az Aloma szünetében? Mit tudták ezek, mi a mozi.

Hadd menjenek a Horváth vendéglőbe, a lampionos világítású kerthelyiségével, cigányzenekarával, gondoltam. A kuglipályára, a biliárd-terembe szórakozni, a szünetben. Én addig rolnizom a filmet odafent Károly bácsival, hogy a szünet után folytatódhasson az előadás. És néhány év múlva rendező vagy operatőr leszek. Elkezdtem felülről szemlélni a világot kettős értelemben is: fizikailag, a gépház magasából, és átvitt értelemben: egy leendő operatőr szemszögéből. Bármit láttam magam körül, megpróbáltam filmként elképzelni.

61

Attól a perctől kezdve, hogy megtudtam, itt lakik, velem szemben, jóval gyakrabban becsengettem. Olyan napokon is, amikor nem volt előadás. A mozi épülete már nem csak egy rideg, lakatlan középület volt többé számomra, hanem lakássá értékelődött fel, melyet a nap és az éjszaka minden órájában egy érző, és gondolkodó emberi lény tölt be jövés-menésével, apró, mindennapi ténykedéseivel. Tele emlékekkel, és érzésekkel, melyek az épületre vonatkoznak, és melyek az épülethez kötik. És ettől szinte az épület is feléledt. Termei, folyosói, pincéi, udvara benépesültek ezekkel az emlékekkel. Nem is volt más dolgom, mint esténként átsétálni, és mint egy analitikus, hagyni, hogy ezek az emlékek maguktól a felszínre törjenek. Néhány rávezető mondat elég: meleg ez a nap is. Mit adnak ma? És megindult az emlékfolyam. Amiről mesélt, azt később, többé kevésbé változatlan formában a naplóban is megtaláltam.

Július 24.

A vetítés előtt akkoriban, kezdő mozigépész koromban, művészek, bűvészek léptek fel a vászon előtti színpadon. Petur Ilka, Kazal László. A Maros Makónál forint húsz, volt Kazal egyik poénja, amivel arra utalt, hogy nyaranta lejártak a folyóparti strandra a színészek, színésznők, és, természetesen nekik is meg kellett váltani a belépőjegyet. Ha már ott voltak, iszappal is bekenték magukat, aminek gyógyhatása már akkor is ismert volt. Fellépés után pedig a bordélyba ment Kazal, a Kinizsi utcába, (a ház még mindig áll) sárga kabrióval, melyről aztán elloptak a kupi előtt mindent, amit csak tudtak. Újságcikk is lett belőle valamelyik helyi lapban. Igen, arról a házról apámtól is hallottam, aki nagyjából egyidős volt a mozigépésszel. Ő mesélte, hogy még kiscserkészként becsöngetett oda, azzal, hogy az árváknak gyűjt, de elutasították. Azt a választ kapta, hogy kisfiú, ide hozni szokták a pénzt, nem vinni. Kiscserkészként nem értette a mondatot, de megjegyezte. Később pedig egy keményen átdolgozott nap után dédnagyapám azzal jutalmazta meg kamaszkorú apámat, hogy pénzt adott, hozzátéve: ezzel menj el a Kinizsi utcára, megérdemled. Apám nem ment el. Másra köl-

tötte a pénzt. de eszébe jutott a „cserkészkaland". Elképzeltem azt a cikket. Milyen zaftos téma: „Kazal a kupiban"."Kazalt is leápolták, meg a kabrióját is".

Aztán ott volt Tihanyi, a bűvész. Felszerelését a mozi padlásfeljárójánál tartotta. Néhány trükköt a kellékekből meg tudtam fejteni: például a cipőét, melynek talpából virágcsokor ugrott ki. De a kártyatrükkökkel nem boldogultam. Nem értettem azt sem, hogy emelkedik a nő levegőbe, és marad ott. Negyvennyolcig volt kísérőműsor, amíg tartott a koalíció. És akkor még milyen jó filmeket játszottak. Micsoda címek és nevek: Gunga Din, Angyalok a tűzvonalban, A hét tenger ördöge, Errol Flynn, Louis de Funes, Fernandel, Stan és Pan, Abbot és Costello. Chaplin. Buster Keaton. A magyarokról nem is beszélve. A szünetben vagy a filmek előtt pedig diapozitívokkal hirdettek. Emlékszem például A Páger drogéria reklámjára az Illat kölnivízről. „Az élet árja bárhová vihet, ne felejtsd otthon az Illat kölnivizet." A bérpalotában működő Lélek cukrászdáéra: „Nyáron, ha olvad az aszfalt, nem segít más rajtad, csak egy finom fagylalt." – Vagy közérdekű közleményekre: „A főkapitány úr rendelkezése értelmében: a hölgyek és az urak a nézőteremben kalapot nem viselhetnek." De voltak humoros reklámok is, ezeket jegyeztük meg a legjobban: „Szünetben szopogasson tatai brikettet! - Ha fáj a torka, nyeljen Huszár pengét: mintha elvágták volna. Reggel Mega, délben Mega, este maga meg a Mega. Hát ennyit mára. Álmos nem vagyok, de a kezem elfáradt. Pedig két szem altatót is bevettem, még éjfél előtt, miután esti hűsölésemből elköszöntem Bernát tanár úrtól a mozi előtti padon. Aztán jöttem be írni. *Beszélgetéseinknek valóban csak az én fáradtságom szabott határt. Ő fáradhatatlan volt ilyenkor, és tartóztatott, mert jó volt beszélnie valakihez, és mert tudta, hogy milyen hosszú lesz ez az éjszaka. Hiszen álmatlanságban szenvedett.*

Július 25.

Ma is az élelmiszer szállító teherautók berregésére, a liszteszsákok csusszanására és dobbanására, a zöldséges ládák koppanására, a rakodók kiáltásaira ébredtem, és tudtam, hogy most már semmi esélyem, hogy újra elaludjak, így hát felkeltem, és, hogy kihasználjam a hűvös, nyugodt hajnali időszakot, egy szatyorral a kezemben sétára indultam a városba. Ezek a nap legjobb órái. Fejem friss, gondolataim tiszták, és a város is ugyanolyan csendes, mint annak idején, amikor alig volt néhány motoros jármű. Csak szekerek, konflisok, talicskák. Aztán, ahogy a nap egyre kíméletlenebbé válik, égető és vakító sugaraival úgy űzi el a hajnal finom színeit és árnyalatait, mint a hipó a színes ruhából a festéket. És marad a színtelen, fekete-fehér forróság, és vak ragyogás, meg a motorok és autók bűze és zúgása, az olvadó aszfalt szaga, mely elől visszamenekülök a mozi – immár otthonom - félhomályába és csöndjébe. A szatyorban kenyér, tej. Semmi luxus. Szilvalekvárt szereztem a Váradi utcából, Gyula egyik haverjától. Igazi házi szilvalekvárt, mely majdnem olyan, mint amelyet anyám főzött. Ezt sem a Gyula haverja főzte, hanem annak a nagymamája. A nap valahogy eltelik. Járom a termeket, folyosókat, megerősítek egy-egy csavart, kicserélek egy villanykörtét, visszaszögelek egy meglazult lécet, megolajozom a nyikorgó ajtókat, újságot olvasok, tévét nézek. Előkészítem az esti előadás tekercseit. Unalmamban kitakarítom a géptermet, és az öltöző (lakószobám) sarkait, elmosogatom azt a néhány edényemet. Alig van valami étvágyam, az ebédidőt egyszerűen kiböjtölöm. Aztán végre engednek a napsugarak, közeleg a pénztárnyitás ideje, kinyitom a bejárat üvegajtaját egy órával a kezdés előtt. Így telik a napom. De ez csak a felszín. Mert miközben járom a hajnali várost, majd a hűvös, árnyékos termeket, folyosókat, a régi, életerős, fiatal mozit látom magam előtt. Amilyennek megszerettem.

Első szerelmem ide szembe járt tanulni egy varrónőhöz. *Amikor erről beszélt, fenn a gépházban vetítés közben, ujjával mutatta, hogy a szemközti házról van szó, azaz, ahol én lakom.* Az ipartestületi épület szomszédságában levő Petőfi (akkor Horthy) parkban ismerkedtünk meg. Leendő barátnőm rendszeresen kijárt ide egy idősebb nővel, mint később megtudtam, a mester-asszonyával sétálni. Gyakran összetalálkoztunk, és már régóta „szemeztünk" egymással. Ő tetszett nekem, és éreztem, hogy én sem lehetek nagyon ellenszenves számára. Egy alkalommal éppen labdázott a két nő, amikor arra sétáltam. A lány váratlanul odadobta nekem a labdát. Így kezdődött. Mint egy filmben. Attól kezdve, amikor öszszefutottunk a parkban együtt sétáltunk (eleinte csak egymás mellett, később kézen fogva), labdáztunk, hintáztunk, beszélgettünk és – természetesen – csókolóztunk. Előfordult, hogy barátnőm a gazdasszonya gyermekét tologatta egy babakocsiban, amikor öszszetalálkoztunk. Én is csatlakoztam hozzá. – Már gyerekük van? - kérdezték az emberek a rájuk jellemző kíváncsisággal. Akkoriban írtam azt a saját magam fabrikálta verset barátnőm emlékkönyvébe: Ne hidd, hogy a jövőd a jelennél szebb legyen / mert az ifjúság édes álmát nem pótolja semmisem. A szerelem megzavarta a fejemet. A robban a préri, és a Dörren a fegyver című filmeket (12 tekercses film) rolnizás közben összekevertem, mert rohantam a barátnőmhöz: így a főhőst, akit ugyanaz a színész játszott mind a két filmben, hol lelőtték, hol újra feléledt. Azok 300-as tekercsek voltak, 10 percesek. Ma 600-as tekercseket utaztatunk, ami 22 perc. A közönség nem vett észre semmit. Csak Károly bácsi kérdezte meg, mit csináltam.

Gépházi beszélgetéseink közben én is egészen beletanultam a munkájába, hiszen a vetítés alatt, figyelmét köztem, és a film közt megosztva órámű pontossággal ellátta teendőit. Anélkül, hogy ténylegesen odanézett volna, tisztában volt a tekercsek mozgásával, helyzetével, és ha érzékszervei perifériáján azt érzékelte, hogy az éppen forgó rolni rövidesen lepereg, egy-egy percre megszakította az elbeszélés fonalát. Ilyenkor a másik géphez ül, bekapcsolja a xenon-lámpát, kinéz a kabinablakon, majd a megfelelő pillanatban rutinos mozdulatokkal beindítja a következő tekercset. Ha ezzel megvan, újra kinéz a kémlelő (kabin) ablakon és igazít a képen: „ragasztás után ugyanis fél-kép alakulhat ki". – magyarázta egyszer. „Tud-

niillik (ez egyik kedvenc szava, pedig azt, amiről beszél, általában csak egy mozigépész tudhatja) a szállításra alkalmas kis-tekercseket, amelyek a vasútról érkeznek, a vetítéshez alkalmas nagy-tekercsekké ragasztom össze, hogy ne kelljen annyiszor váltogatnom a gépeket. Ez a xenon-lámpának is ártana, meg nekem is több munkám lenne". Amikor megjön a film a vasútról 600-as (azaz hatszáz méteres) tekercsekben, azzal kezdi, hogy összeragasztja „őket" 1800-as tekercsekké. A ragasztás helyén alakulhat ki a fél-kép. Erre figyelni kell váltáskor – magyarázza, miközben a képernyőn néha tényleg megfeleződik a kép. Alulra kerül a teteje, felülre az alja, a kettőt pedig csík választja el. A tévében is sokszor láttam már ilyet. De barátom odanyúl a lencse mögé, ahol a filmet átvilágítja a xenon lámpa fénye. Itt, a „margaréta-tekercsben" keletkezik a mozgókép. A „margaréta-tekercsnek" éppen az a dolga, hogy letakarja a fél-képeket. Egy-két gyors mozdulat, és a rend helyreáll a vásznon. Folytatja történetét.

De az első szerelem múló boldog perceit hamarosan beárnyékolta mindkettőnk szegénysége és a közelgő háború. Időm nagy részét a munka töltötte ki. Már 10 éves koromban kijártam dolgozni a határba.– A metesznél borsót kapáltunk, borsót szedtünk. Pallérok hajtottak bennünket, hogy nehogy eszünkbe jusson lazsálni. Akkor már itt vonult a német hadsereg. Cigarettát, csokoládét dobáltak ki a vasúti kocsiból vagy az autóból. Rendszeresen repültek el a város menti földek felett bombázók rajai. Egy alkalommal a metesz borsóföldjén kapálva arra lettünk figyelmesek, hogy megint hatalmas zajjal megjelennek odafent a gépek. Kötelékben repültek. Egyik társunk, egy kisfiú játékból rájuk fogta a kapanyelet. Egy kísérő vadászgép megközelített bennünket, mire mindnyájan a földhöz lapultunk, de a gép nem ránk támadt, hanem végiglőtte a közeli vasúti síneket, aztán elhúzott. Erre a kisfiú nagyon megszeppent, mert amikor feltápászkodtunk, a többiek úgy néztek rá, mintha miatta történt volna minden. Akkoriban történt az is, hogy Szegeden tévedésből a híd helyett a gyermekklinikát is lebombázták. A bombázások miatt kötelező volt a bunkerásás azokban a házakban, ahol nem volt pince. Az emberek komolyan is vették a légiriadókat, de azért voltak polgári áldozatok. Például Gruber mézeskalácsos felesége. A szerencsétlen asszonyság az egyik bombázás idején a ménteleppel szemközti sarkon a pinceajtóban ácsorgott, és beszélgetett a szomszéd házaspárral, akiké a pince volt. A méntelepet akkoriban a hadsereg használta szállítóeszközök állomásoztatására, így a bombázás eredeti célpontja az volt. De a lövedékek a szemközti házat is eltalálták, aminek Gruberné áldozatul esett, szomszédjai pedig súlyosan megsérültek. Az esetet „plébános" nagybátyámtól hallottam, aki szintén a méntelepnél lakott. Híre az egész városban elterjedt, és attól kezdve nem volt olyan ember a városban, aki ne vette volna komolyan a légiriadót. - Bármilyen tragikus volt is az eset, gyermekfejjel hallva a szokatlan szókapcsolást: a bombázásról és a mézeskalácsos feleségéről a képzeletemben egy halott nő jelent meg, aki a járdán fekszik mindenféle szerteszét szóródott mézeskalács között, de maga a nő is, mintha egy hatalmas, mézeskalácsból lett volna formázva, mely természetesen a bombázásban darabokra tört, szétrepedt, és elmorzsálódott.

Július 27.

Az előadásnak vége. Itt volt Bernát tanár úr is, film közben beszélgettünk. Utána lekísért a nézőtérre, ahol bezártam a vészkijáratokat. Aztán visszamentünk a gépterembe, és elkezdtem tekercselni. Még ma este el kellett juttatni a filmet a vasútállomásra.

Végül mindenki elment. Gyula is, Bernát is. A tévében pedig csapnivaló a műsor. Maradt hát az álmatlanság és az írás. Szerencsére ma egy kicsit enyhébb volt az idő. Nézzük, hol is tartottam a múltkor. A háborúnál, amit gyerekfejjel nem fogtam fel olyan tragikusan, mint amilyen volt. A háború után, 45-ben felköltöztünk a Pázmány utcára, mert régi házunkat tönkretette a belvíz. Akkor már nagyon beteg volt az apám is. A régi ház elvesztése, majd nem sokkal később apám halála miatt a család még rosszabb anyagi helyzetbe került. Ekkor már szegénységi bizonyítványt is kaptunk. (Chaplin az öccsével még árvaházban is lakott, amikor az

67

anyjuk elmegyógyintézetbe került.) Tóth Zoltán volt az orvosunk, akit a szegények orvosának is neveztek. Minden hónapban megjelent az udvarban. De szerencsére erősek és egészségesek voltunk, nem volt szükségünk orvosra, és nem ijedtünk meg a munkától. Ekkor már nyaranta csépelni is eljártam. A Pázmány utcai ház egy soklakásos udvarház volt, itt is lakott egy bolond: Karolinának hívták. A másik két bolond, Dutyi Tóni és bolond Julcsa nem jött velünk, visszakerültek a szegényházba, de Dutyi Tóninak még mindig a fülemben van hangja. -„Esti kurír, A nép, reggel jön az Új nemzedék (Egy bolond százat csinál!). A szomszédok közt volt egy olasz család is. Nem a nevük volt Olasz, hanem a nációjuk. Még az első világháborúban kerültek ide. A nevük olyan cifra volt, hogy már akkor sem tudtam megjegyezni. Hamar kiderült, hogy az olasz család egyik lányát a másik mozi, a Korzó gépésze vette el. Broda Sándornak hívták, Később Pécsire magyarosította a nevét. Gyakran látogatott el feleségével, Juliskával anyósához a Pázmány utcai házba. Szülei nem Juliskának szólították, hanem Dzsúliának, ahogy később a Rómeó és Júlia filmekben hallottam. Amikor Broda megtudta, hogy a szomszéd fiú, azaz én az ipartestületi moziban hobbiból rolnizok, felajánlott egy tekercselői állást saját mozijában. Ráálltam. Bolond lettem volna nem elfogadni. Nagy kincs volt akkoriban egy fix fizetés, ahogy a kuplé is mondja. Különösen tizenöt éves fejjel. A kezdő fizetésemet gépészgyakornokként (tekercselőként) tizenhat forintban állapították meg. 1945-öt írtunk ekkor, alig pár hete vonult át a háború a városon.

- Két hétig tartott. Szeptember végén. Akkoriban robbantották fel a szegedi Tisza hidat is. A közútit és a vasútit. Egy darabig nem volt vetítés, pedig a mozi megúszta komolyabb sérülés nélkül. Aztán újraindult a forgalmazás. 45-ben már jártam Szegedre filmért, immár újdonsült gépészgyakornokként. Hátizsákba pakoltam a tekercseket rejtő fémdobokat. Az első időben pontonhídon keltünk át Szeged és Újszeged közt. Némelyik vasúti kocsinak még az ablaka is ki volt törve. De a mozinak menni kellett. A vasúti hidat azóta se építették újjá a Tiszán, csak a közútit. *És ezzel megbénították a SZECSEV-et, a Szeged Csanádi Vasúti Részvénytársaságot, ami egy természetes összeköttetést létesített a déli, elcsatolt területekkel (Araddal, Erdéllyel, és Szabadkával, azaz a Bánáttal).* A hídláb mind a két oldalon mementóként mered a magasba még ma is. Nehéz időszak volt, de örültem, hogy van munkám, és nem morgolódtam. Azzal, hogy filmszínházi munkám legálissá és hivatalossá vált, számos kötelezettség járt együtt. Hiába dolgoztam már évek óta Halász Károly keze alatt a másik moziban, be kellett lépnem a MADISZ-ba, a NÉKOSZ-ba és a FÉKOSZ-ba. *Ezekről a rövidítésekről csak halvány sejtelmeim voltak, a lexikonban kellett utánuk néznem.* Feltett szándékom volt, hogy nem érem be a mozigépészi munkával, hanem megvalósítom álmomat, operatőr leszek. Hamar kiderült azonban, hogy ahhoz még sokat kell tanulnom. Először is le kell tennem a szakérettségit. Egyedül Hegyi Barnabásnak adatott meg, hogy magasabb végzettség és képzettség nélkül filmezzen. A Korzó mozi eredetileg Tarnay alispán feleségének tulajdonában volt. A felszabadulás után azonban állomosították, és az Orient filmipari részvénytársaság tette rá a kezét. Az új üzemvezető Budapestről lett kinevezve. Negyvennyolcig, amíg tartott a koalíció. A mozigépész, Broda Sándor, (később Pécsi Sándor) örült, hogy felszabadítom a gépészi állással járó rabszolgamunkából. Kiállt a mozi-ajtóba és nézegette a nőket, míg én tekercseltem odafent vagy a gépet figyeltem. Nem csak nézegette, hanem meg is szólította az úrhölgyeket és úrasszonyokat, és sokszor nem hiába, mert akkoriban a mozigépészre úgy tekintettek az emberek, (beleértve a donnákat is, ahogy ő nevezte őket), mint egy istenre. Vagy legalábbis egy félistenre. Ő ezt maximálisan ki is használta. Velem viszont rosszindulatúan viselkedett, gúnyos megjegyzéseket tett „kisfiús" külsőmre, szegényes ruházatomra, félénk viselkedésemre. Az új hivatal-vezetőnőt nagyságos asszonynak kellett szólítanom. Megjátszotta az „úrasszonyt", de össze sem lehetett hasonlítani az alispánnéval. Hamar meguntam itt, mert rosszul bántak velem. Visszamentem Károly bácsihoz az első adódó alkalommal.. Akkor már oda is fizetésért, szintén tekercselői, azaz gépészgyakornoki munkakörben. Az „első szerelmem" elkerült Szegedre, de

69

hamar megvigasztalódtam, mert azok a lányok, akik eddig észre sem vettek, átnéztek rajtam, most, fiatal mozigépészként nap, mint nap kitüntettek figyelmükkel. A mozi dicsfénye engem is bevont ragyogásával. A filmszínház fenntartott néhány ülőhelyet, melyeken a dolgozók családtagjai elsőbbséget, és ingyenességet élveztek. Ez a kedvezmény rám is vonatkozott, amit persze elég ritkán tudtam kihasználni, mert közvetlen rokonaimnak nem sok idejük volt a filmnézésre. Így aztán a családtagoknak fenntartott helyeket rendszerint idegenek kapták meg. De ha jött egy ismerős, annak is átengedhettük. Akkoriban rendszeresen telt ház volt, így minden széknek, még a pótszékeknek és tűzoltószékeknek is óriási értéke lett. Pedig a tűzoltószéket – a rendkívül gyúlékony nitrocellulóz filmek korában – hivatalosan és hatóságilag mindig szabadon kellett hagyni. A fentiek okán különösen a középiskolás lányok egyre gyakrabban keresték „a fiatal mozigépészt" (pedig akkor még hivatalosan csak gyakornok voltam). Valójában mindenes. Számos szaladgálni- és intéznivaló között én végeztem a fűtést is, már délután elkezdtem begyújtani azokba a kovácsoltvas szenes kályhákba, melyek a mozi minden helyiségét melegen tartották. Emlékszem, egy alkalommal éppen elindultam lefelé a galéria – akkor még páholy – lépcsőjén, hogy újratöltsem a már begyújtott kályhákat, amikor meghallottam, hogy odalent vár egy csoport kamaszlány, (hangjuk, és állandó, kifürkészhetetlen okú nevetésük elárulta őket), és a „fiatal gépészt" keresik. A következő pillanatban észre is vettek, így csak arra maradt időm, hogy a köpenyem alá dugjam a szeneslapátot, amikor meghallottam a hangjukat. Hadd higgyék, hogy csak vetítéssel foglalkozom. – Jó napot, mozigépész úr! – köszöntöttek vidáman, újabb hangos nevetéssorozattal hangot adva örömüknek. – Kezüket csókolom – (akkoriban még nem volt divat ez a nagy tegeződés, meg hellózás). – Tudna nekünk néhány jegyet félrerakatni a mai előadásra? Miközben megbeszéltük a részleteket, teljesen megfeledkeztem a szeneslapátról, mely egyszerre lármás csörömpöléssel adott hangot magáról, és az előcsarnok kőlapokkal kirakott padlóján landolt. Én nagyon megrémültem, és elszégyelltem magam, mit fognak szólni a lányok, de ők erre is hangos nevetéssel reagáltak, és valami olyasmit mondtak, hogy milyen sokoldalú a fiatalúr. Elkísérhetjük? El is kísértek, és szóval tartottak munkám közben. Legnagyobb meglepetésemre tehát „alantasnak" hitt munkám tovább emelte tekintélyemet szemükben. Ahogy ismétlődtek látogatásaik, kezdtem feloldódni köztük. Ha nem lettem volna olyan félénk, kedvemre „választhattam" volna közülük. Legalábbis utólag így érzem. Persze a „választás" nem is lett volna olyan könnyű. Hiszen mindegyik lány kedves volt a szívemnek. Film előtt és után néha kiálltam a mozi ajtajába, mint az öreg mozigépészek. Volt mit nézni: a két mozi és a park között négyes sorokban korzóztak az emberek délutánonként.

Akkoriban még zömében normál fekete-fehér filmeket vetítettünk. Később megjelentek a színes filmek, és a normál mellett takarásos és cinemascope filmek is.

Nekem is beszélt erről, és e szakkifejezések hallatán elég értetlen arcot vághattam, mert a falra függesztett fémszekrényhez lépett, és mindenféle szerszámok, alkatrészek között reménytelen keresgélésbe kezdett. Végül mégis talált valamit, amit kiemelt szakmája lim-lomjai közül, és az orrom elé tartotta: a takarásos és cinemascope filmek kellékeit. Mind a kettő valami kibelezett ajtózárra emlékeztet. Az egyikben egy négyszögletes prizmaféleség is volt. Mint kiderült, ez a cinemascope-lencse, mely széthúzza oldal felé a normál film képét. Megmutatta, hogy hogyan kell becsúsztatni a vetítőgépbe, a lencse elé.

Az egyik nap, amikor meglátogattam, a gépházban a szokásos hőség helyett szinte jeges hűvösség csapott meg. „Végre beszerelték a klímaberendezést" – fogadott ritkán látott fanyar mosolyával az arcán. Mivel odakint tombolt a kánikula, a rajtam levő egy szál rövidnadrágban, és trikóban fázni kezdtem. De nem akartam puhánynak tűnni, így maradtam. Odalent az esti filmre gyülekeztek, bár odakint – nyár lévén -még világos nappal volt. Az öreg megmutatta a klímaberendezést, melyet magasan az udvar felőli falra szereltek fel. Távirányító is tartozott hozzá, mint egy tévéhez. – Húsz fokra

71

állítottam.- tette hozzá. *Kezdtem hozzáhűlni a benti levegőhöz. Már befelé indult a mozi-terembe a közönség, a kabinablakokon keresztül látni lehetett, ahogy szállingóznak a széksorok közt. Az öreg elindított egy magnót, erre odalent, a nézőtéren megszólalt valami vad, pattogó ritmus. Hadd szóljon, amíg elkezdődik a film,* tette hozzá. *–Mi ez a zene,* kérdeztem. *– Nem zene ez, csak pufogás meg hangzavar. Gyula hozta, azt mondta, hogy ezt játsszam előadás előtt. – Legyintett - Illik a mai filmekhez: dallam nélküli zene. Történet nélküli film. – Körülnézett a gépteremben. A tekercsek vetítésre készen. Utolsó simítások a vetítőgépen. Mint bevetés előtt. Közben hirtelen témaváltással a politikát és a politikusokat kezdte szidni, akik szerinte mindig is a saját zsebükre dolgoznak. De az ország bajaival nem törődnek. Amilyen ritkán nézett filmet, olyan mohón figyelte az újságok és a televízió hírműsorait. Igaz, abban sem sok örömét lelte. – Csak a politika, meg az a sok természeti katasztrófa, közlekedési baleset, bűntény,* dohogott. *Majd hozzátette: „sok bolond ember szaladgál a földön". Aztán megnyugodott, és gondolatai visszatértek a múltba, melynek menedékében még érdemesnek találta elidőzni. – Ha operatőr lettem volna, legalább módomban állna rengeteg butaságot meg szörnyűséget megörökíteni. Mert az embereket csak ez érdekli, nem az unalmas, dolgos és dohos hétköznapok. – „Feri bácsi, indulunk!",* hangzott odalentről a *„főnökasszony kiáltása". Az öreg a túlsó kabinablakhoz ment, kinézett rajta keresztül a nézőtérre, majd egy gombnyomással rutinosan leoltotta a fényeket odalent, egy másikkal mozgásba hozta a vetítővásznat védő függönyt, mely lassan széttárult. – Erre azért van szükség, mert különben lekoszolódna a vászon,* suttogja, *mintegy mellékesen, majd a géphez lép, még egykét kattanás és indul a film. Egyikünk sem nézi. - Amikor 1950-ben megkezdtem a mozigépészi tanfolyamomat, azt hittem, ez csak ez első lépcsőfok lesz filmes szakmámban. –* folytatja, *miközben élesre állítja a lencsét. - Tizenkét hónapos képzésre írattak be, a tanfolyam a fővárosban, a MOKÉP épületében zajlott. Ott voltunk elszállásolva is. Vagy negyvenen. Zömében férfiak, egy-két nő. Gépszerelést, elektrotechnikát tanultunk. – miután meggyőződött róla, hogy minden rendben, leereszkedett foteljába, melyben, ha nem lennék itt,* *perceken belül elaludna a vetítőgép monoton kattogására. - És természetesen a nitrocellulóz filmek miatt tűzelhárítást. Szakmánk a kiemelten veszélyes foglalkozások közé tartozott. Az unásig ismételtették és gyakoroltatták velünk a tűzesetek megelőzésének, gyors felismerésének és elhárításának szabályait, és módozatait. Azt is a fülünkbe rágták, hogyha nem oltjuk el mihamarabb a tüzet, akár fel is robbanhatunk a nitrocellulóz gőzétől: „30 %-os telítettségnél már fennállt a robbanásveszély". A film meggyulladásáért a két szénelektród között képződött ívfény volt a felelős, mely szikrázó és szabálytalan kitöréseivel nemcsak a szükséges fényről gondoskodott, hanem rengeteg hőt is termelt, melyet csak bonyolult hűtő, elvezető és szigetelő rendszerekkel tudtak megzabolázni. Víz és léghűtés is volt, mégis előfordult tűz. Az ívfény képződéséhez nagyfeszültségű egyenáramra volt szükség. Ehhez kellett az Umformer, ami egyenárammá alakítja a váltóáramot- mutat a hatalmas, hűtőszekrény méretű fémkasznikra, melyek a vetítőgép nagyobb részét képezték, ma is megvannak a Xenon-lámpa dobja alatt. - Ekkor megdörrent a gépterem ajtaja, és lélekszakadva berontott Gyula. - Feri bácsi! A magnó! Az öreg értetlen képet vágott. - Mi van a magnóval? - Még mindig szól. Az öreg először még mindig nem érti, majd a fejéhez kap, a magnóhoz siet, és kikapcsolja. - Egyszerre szólt odalent a film zenéje és a diszkózene, de az elején még nem tűnt fel senkinek. - lihegi Gyula - Amikor a bevezető zene abbamaradt, és egy romantikus erdei jelenet következett, már kicsit zavaróbb volt a dolog. Szerencse, hogy bent volt az egyik barátom, és szólt, hogy valami nem stimmel. - fűzi hozzá, és hirtelen elneveti magát. Mi is nevetni kezdünk. De én bűntudatot is érzek - Ez miattam történt, elterelem a figyelmét. - próbálom magamra vállalni az ügyet. Az öreg vállat von. - Ilyen malőrök előfordulnak mindenütt. Majd rezzenéstelen - Buster Keaton-i - arccal kinéz a kabinablakon, és mivel látja, hogy odalent most már tényleg rendben van minden, folytatja, mintha mi sem történt volna. - A legkisebb meghibásodás elegendő volt, hogy rés keletkezzen a többszörös biztonsági rendszeren, és a film lángra kapjon. A tűzvédő dob volt az első számú védelem. Ebbe volt „bezárva" a futó film megvilágított, és ezért a gyulladásveszélynek legjobban* kitett része. - *Gyula először nem érti miről van szó, majd újra elvigyorodik, int, és feltűnés nélkül kioldalog.* -Impregnált pokrócot kellett a dobra rádobni, ha kigyulladt. - folytatja az öreg. - Ma már nincs szükség az Umformerre, mert szénelektród helyett Xenon-lámpa világít. És a film sem gyúlékony. Manapság elég egy mozigépész is. Régen legalább kettőre volt szükség, mert valakinek állandóan a gép mellett kellett lennie. - *azzal megveregeti az Umformert, mint egy derék, sokat szolgált ló oldalát* - A szénelektród miatt a fókusz is állandóan változott, folyamatosan figyelni kellett a vásznat és utána kellett állítani a lencsét a szénelektród fókuszingadozásai szerint: még egy ok, hogy állandóan ott legyünk. Ha pedig mégis meggyulladt a film, akkor az égő filmrészt le kellett vágni, vízbe dobni, homokot szórni rá. Azaz ott állt a gépteremben egy hordó víz és egy hordó homok is. Ilyenkor a kabinablak is automatikusan lecsapódott, melyet egy mechanikus rendszer kötött össze a filmmel, ami tűz hatására mozgásba jött. - Miközben a tűzről beszéltünk, egyre jobban dideregni kezdtem az új klímaberendezés hűs levegőjében, és megkértem barátomat, engedje meg, hogy hazamenjek melegebb ruháért. Odakint megcsapott a nyár hősége. -Amikor visszaértem, éppen az újabb tekercset indította. -A régi gépeket kurblival hozták mozgásba - *jegyezte meg, mintha csak magának beszélne.* Kurblizás után meg kellett nyomni az indítógombot, majd a fényráadás, hangráadás következett. Mindezt 5 másodperc alatt kellett elvégeznie egy jó mozigépésznek. - Eszembe jutottak gyerekkorom mozielőadásai, amikor valóban úgy indultak a filmek, mint egy régi autó vagy egy gramofon, és időbe tellett, amíg a kép és a hang elérte a megfelelő fordulatszámot. -A tanfolyam gyakorlati része abból állt, hogy szétszedtük és összeraktuk a vetítőgépeket, miközben megolajoztuk, rendbe hoztuk, kicseréltük az alkatrészeit, és képzeletbeli mozi-tüzeket oltottunk. Az elméleti rész elég unalmas volt, és egy csomó fölösleges dolgot meg kellett tanulnunk. De amikor egy-egy vizsgára készültem, és belefáradtam a látszólag haszontalan optikai, elektronikai, hőtani és kémiai tételekbe, azzal biztattam magam, hogy ennek majd az operatőr szakon is hasznát veszem. Hiszen még mindig nem tettem le arról az álmomról, hogy operatőr legyek. Az *a szakérettségi majd csak meglesz valahogy. - Bezzeg Hegyi Barnabásnak nem volt -jegyeztem meg. - Ki is az a Hegyi Barnabás akit annyit emlegetünk? - Az első magyar operatőrök egyike, rengeteg nagy játékfilmet ő fényképezett. Neki még szerencséje volt. Ma már a színművészeti főiskolán külön szakon oktatják a szakmát. - És miért nem sikerült továbbtanulni? - 1950-51-ben végeztem a gépkezelői tanfolyamot, 51-ben vizsgáztam, és még alig tértem észhez a tanfolyam után, megkaptam a behívót. - Közben a második tekercs is a végéhez közeledik, amit az öreg nagy rutinnal észrevett (én nem). Ezerszer végzett mozdulatok: befőttes gumi le, másik gép xenonlámpája be, fémes sercenés, első gép is leáll, sötétség odalent, de füttyre nincs idő, mert az öreg ugrik, és első gép újra indul. Miközben a kabinablakon keresztül a tekercsváltás titkos jelét figyeli, folytatja:- 51 novemberében elvittek katonának. 53-ban szereltem le. 3 hónap kiképzés Hódmezővásárhelyen, majd Kaposvárra vezényeltek. - A titkos jelet most még én is észreveszem. Második gép be. Tökéletes váltás volt, ebből már a közönség nem vett észre semmit. -21 hónapig vetítettem a seregnek. Összesen 24 hónap. Mint mindenkinek akkoriban. Szabadságra sem nagyon mehettem, csak ha hamis szabadságos levelet szereztek nekem. Valahonnan, a gépterem egyik fiókjából régi fényképeket keres elő, melyek katonaként ábrázolják. A film hátralevő részében ezeket nézegetem, az öreg pedig kommentálja a megsárgult fotókat. –Előadás végén az előcsarnokban Gyula és barátai vidám arccal fogadnak bennünket, várakozásteljesen néznek az öregre, majd követik tekintetükkel. De mintha a felszínes vidámság mögött mélységes tisztelet húzódna. Úgy tűnik, az esti gixer megemelte szemükben renoméját. A film önmagában nekik is unalmas volt. De ez az eset feldobta. – „Egy párszor még bekapcsolhatta volna a magnót, Feri bácsi!" – ezt olvasom a tekintetükből. De szólni nem mernek. Az öreg csak egy pillantásra méltatja őket, némán, méltóságteljesen halad el előttük. Alig látható mosoly suhan át arcán. Talán csak én veszem észre. Vagy csak odaképzelem. Nagy komikusok jutnak eszébe, akik a legnehezebb helyzetekben sem jöttek zavarba, sőt: a hiba, a zűrzavar, a félreértés volt az éltető elemük. A múmiaarcú Buster Keaton, Harold Lloyd, Chaplin, Kabos, Csortos, Lata-*

bár. Megy tovább. És folytatja a történetet. Az első három hónap, a kiképzés időszaka Vásárhelyen. Az volt a legrosszabb. De közben már vetítettem. Akkor őrségben is voltam. A hivatalos beosztásom híradós volt. – A nézőteremben haladva sorra becsukta a vészkijáratnak használt ajtókat. A vásznon még mindig a lemenő szöveg futott. Ahogy visszatértünk az előtérbe hirtelen eszembe jutottak kutyáim, melyeket aznap még nem sétáltattam, és nem etettem meg. Félbeszakítottam az öreget, és szelindekjeimre hivatkozva sajnálkozva elköszöntem. Kénytelen voltam kiengedni őket a parkba, mert, ha nem futkározzák ki magukat, olyan ramazurit csapnak éjszakánként, hogy sem én, sem a szomszédok nem tudnak aludni tőlük. Mint a pusztai farkasok, egész éjjel őrködnek vadászterületük felett, a legkisebb neszre, mozgásra eszeveszett acsarkodásba kezdenek, legyen az egy gyalogos vagy macska az utcán, egy madár a kert fáin, vagy akár csak egy lehulló ág. Ha minden rendben van, akkor pedig kutyanyelven táviratokat küldenek távoli udvarok szelindekjeinek. Most is, amikor a mozival szemközti kapu – Etel néni kapuja -mögül megérezték a jöttömet, már majdnem széttépték a deszkákat. Ahogy kinyitottam, nekivadultan törtek ki az utcára, örömvonyításokat hallattak, és hatalmas szökkenésekkel először engem ugráltak körül, majd a járda szélére helyezett nagyméretű virágládákat. Aztán legalább egy félóra hosszáig cikáztak keresztbe-kasul a park pázsitjain, ösvényein, bokrai között, a szaladgálást néha szaglászással, szimatolással megszakítva. Szerencsére ebben a késői órában kevesen jártak a parkban, mert bár kutyáim (az egyik Skót juhász, a másik valójában korcs, de Sebi fiam, aki a kutyát az utcáról szedte össze, miután megszánta, teljes meggyőződéssel hirdeti, hogy Dobermann-Rotweiler keverék) teljesen ártalmatlanok, nagy testükkel és heves mozgásukkal meg szokták ijeszteni a járókelőket. Amikor végre kellőképpen kifáradtak, visszaindultunk. Barátomat a mozi nyitott ajtaja előtt a padon ülve találtuk. A kutyák őt is körbeszimatolták, nyaldosták, és már éppen rájuk akartam szólni, amikor intett, hogy őt nem zavarja bizalmaskodásuk. Megsimogatta a fejüket, becézgette őket, amit hálás farok csóválással viszonoztak, és még szorosabban körülfogták. – *Élvezem egy kicsit a friss levegőt.* – *nézett föl rám a négylá-*

búak gyűrűjéből - Aludni még úgysem tudnék, mert a szobámban nincs légkondicionálás, csak a gépteremben. Váltottunk pár szót, miközben éreztem, hogy egyre jobban elálmosodom. Ezt el is mondtam öreg barátomnak, aki biztosított, hogy menjek csak nyugodtan, és, hogy ő is örülne egy kis álmosságnak, ami évek óta elkerüli. Elköszöntünk. A nyári éjszaka hozott egy kis enyhülést a nappal forróságára, kellemes szellő kezdett fújdogálni. Lefekvés előtt kinéztem az ablakomon, a mozigépész már nem volt a padon. Fejemben mozis szakkifejezések kavarogtak, és tudtam, hogy mindazt, amit ma hallottam, fel kell dolgozni az agyamnak.

Nyugtalanul aludtam, régi, soha nem látott, mégis ismerősnek tűnő, várfalakkal körülvett hegyi városokban jártam, melyek, mégis, valahogy ismerősnek tűntek. Végül rábukkantam egy mozira, melybe belépve rájöttem, hogy ez a mozi még ismerősebb, mint a város többi része. Nem is csoda, mert odafent öreg barátom vetített. Alig kezdtünk el azonban beszélgetni (olaszul, ami álmomban egész természetesnek tűnt), felrobbant a vetítőgép, és a lángok mindent elborítottak. Tudtam, hogy itt a vég, és csak arra maradt időm, hogy lelkiismeret furdalásom támadjon: ez is miattam volt, mert eltereltem a figyelmét. Csatakosan ébredtem, alig kaptam levegőt. Felugrottam, hogy lélegzethez jussak. Még sötét volt, és hirtelen nem tudtam, hol vagyok. Kinéztem az ablakon, és az ismerős utca, és a láthatóan épségben levő mozi láttán megnyugodtam.

A fenti eset után napokig nem találkoztunk. Napközben dolgoztam, délutánonként a nyár örömeit hajszoltam: úsztam, csónakáztam, esténként tábortüzek mellett ültem baráti körben, (Edina barátai körében), ha éppen nem ügyeltem. Így könnyebb volt elviselni a hőséget. Barátnémet még mindig ritkán láttam, mert teljesen lefoglalták a szabadtéri játékok, ahol korrepetitorkodott: zongorán kísérte a próbákat, a zenekart helyettesítve. Egy-egy ilyen nap után nagyon el volt fáradva, ami nem akadályozta abban, hogy vacsora közben folyamatosan beszéljen, elmondja a nap történetét, azután beleszédült az ágyba és a vállamon elaludt. De az is előfordult, *hogy csak rám telefonált, és, nagylelkűen "szabadnapot" adott (bár már este volt). Egyik ilyen "szabadnapos estémen" kutyasétáltatásból hazatérve világosságot láttam odabent a mozi előcsarnokában. Az előadásnak már rég vége volt. A bejárati ajtó zárva. Kutyáimat udvarukba tereltem (úgy gondoltam, kifutkározták már magukat), majd becsengettem a moziba. Hamarosan megjelent az öreg sziluettje a folyosó túlsó végén, és jellegzetes billegő lépteivel felém indult. Éppen tévét néztem, mondta, de úgy tűnt, őszintén örül nekem. Bezárta mögöttünk a bejárati ajtót és visszavezetett az előcsarnokba, ahol szól a televízió. –Csak a hírek miatt van bekapcsolva, meg, hogy ne legyen olyan nyomasztó a csend, kínomban ülök előtte. Jobb híján. – Ez a legjobb altató, mondom. Eszembe jutottak szüleim, nagyszüleim, akik a legjobbat a bekapcsolt tévé előtt szenderegtek, de mindig felébredtek, ha kikapcsoltam. Néhány bevezető szó után emlékeztettem rá, hogy legutóbb a katonaéveiről beszélt. Igen, mondta rövid hallgatás után. Az elfecsérelt két év volt, és meg is szakította filmes karrieremet. –Azután újra hosszú ideig meredt maga elé, nem ömlött belőle úgy a szó, mint a múlt alkalommal. Rájöttem, hogy gondolatai szabad áramlásához – a motus animi continuushoz – hiányzik a gépterem atmoszférája: a kereplés, a nehéz, ózon- és olajszagú levegő, a félhomály. Ő is rájöhetett valamire, mert felállt, és kikapcsolta a televízió készüléket. A beállt csendben nem hallatszott más, csak egy-egy elszáguldó autó, az utcán elhaladó, nevetgélő csoportok zaja. Egyébként ránk terült a mozi épületének csendje. És, ahogy a lambéria egy-egy reccsenése, a csapóajtó nyikorgó meg-megmozdulása csak tovább mélyítették ezt a csendet, úgy tűnt, mintha a mozi évszázados épülete élne, és lélegezne. És bennünket figyelne. Végre megszólalt az öreg. -Nem volt nehéz időszak, mert mozigépészként a többiekhez képest arany életem volt. Nyáron tábori, azaz szabadtéri mozi, télen az ebédlőben kifeszített lepedő. Kint a rabicfalra vetítettem. A tábori mozi egyik végén a rabicfal, másik végén a gépház épülete. -Fogalmam sem volt, mi az a rabicfal, de nem akartam megszakítani az öreg előadását akadékoskodó kérdésekkel.(a lexikon szerint K. Rabitz német építőmesterről elnevezett vékony válaszfal)*

-Minden nap volt előadás, kivéve a pénteket, mert az pártnap volt. Szójátékokat gyártottam a katonaéletről a filmek címéből: Nagy bajom: Böhönye. Leves: Valamit visz a víz. Szabadságkérés: Bátor emberek. Hősök odahaza. Támadás 6: 25-kor. És amire a legbüszkébb voltam, és katona-filozófiámmá vált: Dalolva szép az élet, Távol Moszkvától, a Felhőkarcolók árnyékában. Úgy látszik, itt is megnyilvánult a bennem rejlő poéta, amiről első szerelmem emlékkönyvénél már írtam.

A „titkos filmekért" a Pancsova utcába jártunk Zuglóba. Legtöbbjükben nem volt semmi titkos. Az utca végén volt a Hunnia filmgyár, mellette a Honvéd filmintézet filmelosztó központja, ahonnan az alkatrészeket és új filmeket kaptuk. Pisztollyal az oldalamon géppisztolyos kísérettel jártam beszerző útjaimat. A Hunnia filmgyár egy egész városrészt elfoglalt. Megdöbbentettek a díszletei: falusi utcák, városi utcák. Várak, szobák. A legkülönbözőbb korokból. De a díszletek elülső fala mögött mező volt.

Akkor a jugoszláv (Láncos kutya) helyzettől volt terhes a levegő. Határincidensek fenyegettek. Katonaruhánk kissé oroszos volt, gimnasztyorka-szerű. A pesti utcán sétálva sokféle emberrel találkoztunk. Egyszer az egyik vendéglő teraszán ülők valószínűleg orosz katonáknak néztek a ruhánk miatt, mert megjegyezték: ezek az oroszok sosem mennek haza? Odamentem hozzájuk: Mi is ugyanolyan magyarok vagyunk, mint ti. Meglepődtek, majd elnézést kértek. Ismertem a Rákóczi mozi gépészét, ott leraktuk a cuccot (fegyvereket, filmeket), hogy elmehessünk szórakozni. Katonaként sok helyen kedvezményeket is élveztünk. Sőt egyszer egy egységgel ingyen bementünk a cirkuszba úgy, hogy beálltunk közéjük a sorba. Egy más alkalommal egy nő kocsiját segítettük megszerelni. Mivel tartozom, kérdezte a végén? Vigyen ki bennünket a pályaudvarra. (Erről az esetről eszembe jutott a tevéjével oázisba érkező beduin esete, de nem szakítottam félbe). A mi mozink volt a 32-es honvéd mozi. Minden hadosztálynak volt saját filmszínháza. Főnököm: - főhadnagy a politikai főcsoportfőnökségnél -, a filmügyek felelőse posztot töl-

tötte be. Később rendező lett (nevét mondja). Egyszer a honvédelmi minisztériumban jártunk, amikor a keskenyfilmű gépért mentünk. Nem volt katonasapka a fejemen. Senki sem csinált belőle problémát. Ott ugyanis ezredesek, alezredesek voltak az ügyeletesek.

Állandó kilépőm volt, de szabadságot nem kaphattam. Kérhettem kocsit vagy lovas kocsit Böhönyébe a filmek szállításához. Egyszer egy őrnagy megtagadta a kocsit: Vigye ki a hátán! 50 kilót? 12 kilométerre volt Böhönye. Értesítettem a főhadnagyot. Lett kocsi. Hazautazni csak akkor tudtam, ha hamis szabadságos levelet szereztek nekem. Mert én voltam az egyetlen mozigépész. Ezért kitanítottam a segédemet a gépkezelésre. (Engem a biológia-földrajz szakos tanárnőm tanított meg az általános iskolai vetítő kezelésére. A legnehezebb része a film befűzése volt. Amíg ő elmondta a bevezető szöveget, én előkészítettem a vetítést. Sokszor már a szünetben befűztem a filmet. A tekercselésből is kivettem a részem). Amikor hazautaztam, ő vetített folytatta az öreg. Senki sem vette észre. Az volt a lényeg, hogy menjen a mozi. A katonaságnál az első három hónap leteltével jó dolgom volt: jóban voltam a tisztekkel és a szakácsokkal. Ez utóbbiak nálam aludtak az Umformer házban: ezért soha nem éheztem. Egy hatalmas táblára kiírtam: Vigyázat, magasfeszültség, belépni tilos! Így nem zavart bennünket senki. A katonaidő vége felé hívtak Pestre a minisztériumba: alhadnagyi rangban stúdiós és gépkezelő lehettem volna. Vagy Balatonkenesén az állami tiszti üdülőben dolgozhattam volna, jó fizetésért. Az „édes élet" folytatódott volna. De irtóztam az egyenruhától. És akkor még bíztam benne, hogy továbbtanulhatok. 53-ban szereltem le. (Itt eszembe jutott, hogy apámat, aki híradós volt hasonló ajanlatokkal csábították, de ő is irtózott az egyenruhától). És azután? –kérdeztem.

–*Utána civilként folytattam a mozigépész szakmát.* -Mi lett az operatőrséggel? *–Habozott. A körülmények. Meg a pénztelenség.* – *válaszolta végül feszengve. Odakint kezdett lehűlni a levegő. Az előcsarnok nyitott ablakán át egy kutya ugatása hallatszott.* – *Senki sem támogatta a továbbtanulásomat, mert az államnak nem művészekre*

80

volt szüksége, hanem mozigépészekre. - Majd némi hallgatás után: - El kellett volna tartanom magam. - Még mondott néhány gyönge érvet. De éreztem, hogy nincs jogom tovább firtatni, és főleg ítélkezni felette. A tévé fölötti faliórára pillantottam. - Lassan mennem kell. Nagyon késő van. - búcsúztam. - Nekem nincs késő, úgysem tudnék még aludni. –marasztalt - Én viszont kezdek elálmosodni, és holnap dolgoznom kell. - álltam fel. Kikísért, hiszen a kapu zárva volt. Alig léptünk ki a bejárati folyosó sötétjébe, a folyosó túlsó végén, az üvegezett bejárati ajtón kívül két árnyékot pillantottunk meg. Valahogy ismerősek voltak. Közelebb érve beigazolódott a gyanúm. A két kutyám ült az utcán az üvegajtó előtt. Közeledtünkre egyre hevesebb farokcsóválásba kezdtek. Hogy kerültek ezek ide? Rosszul zártam volna be a kaput? Ott ültek a mozi üvegajtaja előtt, és néztek befelé. Úgy tűnt, tudták, hogy hol vagyok. (a nők és kutyák megérzései csalhatatlanok). Ajtónyitás, farok csóválás, ugrálás. A szemközti öreg, korhadt fakapu felé pillantok. Mintha hiányozna egy a deszkák közül. Eszembe jut, hogy mennyire nyüszítettek, és verték lábukkal a kaput, amikor bezártam őket. Pedig mozogtak eleget. Legalábbis én azt hittem. Hirtelen kiszállt az álom a szememből. - Nézze, mit műveltek ezek a szelindekek! - mutattam a túloldalra. - Akkora lyuk tátong rajta, amin egy gyerek is átférne. Hova a fenébe tegyem őket éjnek évadján? – egy sintért is megszégyenítő gyilkos gondolatok cikáztak a fejemben. - Legszívesebben agyonütném mind a kettőt! - Látva bosszúságomat vakarni kezdte a fejét, és gondterhelten ráncolta a homlokát. - Mindjárt kitalálok valamit, bökte ki végül. Hozom a szerszámaimat. – Perceken belül kalapáccsal, egy szerszámos dobozzal, és zseblámpával a kezében tért vissza. Én tartottam a zseblámpát, ő pedig munkához látott. Egy mozigépésznek mindenhez értenie kell, magyarázta kopácsolás közben. - Nem hívhatok állandóan szerelőt, ha az épületben elromlik valami. Ráadásul annak idején Cs-ben másodállásban egy játékgyártó kisiparosnál dolgoztam. Ott beletanultam a famunkákba. Tollaslabda-ütőket gyártottunk exportra. Meg még sok mindent. Igaz, a sokoldalúságot és a munkát már gyermekkoromban megszoktam, apámtól a cipészszakmát, nagybátyámtól a bádogosságot tanultam el. - A kapura *egymásután kerültek fel a pótdeszkák, melyeket az udvar végéből a fásszínből hordtam össze, botladozva a sötétben. (mint annak idején Edinával). Erősebb lett a kapu, mint azelőtt, még, ha egy kicsit toldott foldott is. A kutyák élvezték a legjobban a helyzetet, ki-be járkáltak az udvar és az utca között, időnként megkergettek egy macskát. A munka végeztével nem győztem hálálkodni öreg barátomnak. – Semmiség. Legalább jobban tudok aludni. Örülök, hogy segíthettem, tette még hozzá, miközben visszapakolta szerszámait. Szememből egészen kiszállt az álom. Visszakísértük az öreget. Az utcán már alig volt valami forgalom. A két kutya gondolkodás nélkül bedúródott a mozi bejárati ajtaján.*

Augusztus 8. Hőség, hőség, hőség. Csak a gépteremben elviselhető, a klíma miatt. De hát, nem ülhetek állandóan abban a sötét, büdös kis lukban. (melyet valaha az istenek szállásának, a titkok birodalmának tekintett). A többi változatlan. Az álmatlanság, a pénztelenség, a rossz filmek. Az öregség. Bernát felajánlotta, hogy szerez nekem úszójegyet, de a fürdőbe sincs kedvem menni. Én is úgy vagyok a vízzel, mint Latabár: „Kicsik a vizek vagy nagyok, én egyformán rosszul vagyok."

Aug. 20. megünnepeltük nagy hajcihővel. A tűzijátékot innen az ablakból néztem, mert a szomszédos gimnázium tetején és udvaran helyezték el a petárdákat. De a várt esők, lehűlés nem jött el. Szerintem direkt csinálják. A világ urai: ha felmelegszik a föld, még több klímaberendezést tudnak eladni. A több klímaberendezés több áramot fogyaszt. Ha elsivatagosodunk, egyre drágább lesz az energia, élelmiszer és a víz. Így egyre nagyobb a hasznuk. És ezzel az egész emberiséget az igájukba hajthatják. Én azt már szerencsére nem érem meg.

Augusztus 22.

Elegem van mindenből. A hőségből is, meg a naplóírásból is. Hiszen most veszem észre, hogy napló helyett önéletrajzot írtam.

Csak múltam van. Emlékeim. A jelenem sivár és egyhangú, a jövőm pedig kilátástalan. Megéltem a mozi virágkorát és hanyatlását. Mondhatnám úgy is, hogy a haldoklását. Együtt öregedtünk meg. Ha ez egy film lenne, felgyújtanám a mozit és benne égnék én is. De ez nem film. A legsivárabb valóság. Elmúlt huszadika, és a hőség semmit sem enged az erejéből.

Ez az utolsó naplóbejegyzés. Néhány hónappal később Gyula, a büfésfiú egy zsírpecsétes, gyűrött spirálfüzetet nyomott a kezembe. Érdekel, kérdezte. Mi ez? Majd meglátod. De az öregnek ne szólj róla, mondta. A szemétben találtam. Egy hajszálon múlt, hogy észrevettem. -Így jutottam hozzá a naplóhoz. Azóta egy év telt el. A tél kegyetlenül hideg volt, az idei nyár pedig talán a tavalyinál is forróbb. Unalmas téli estéken újra és újra átböngésztem a naplót, és én is belefirkáltam, hogy aztán az egészet felvigyem a számítógépemre. Biztos, ami biztos. Előfordul, hogy Edina takarítási rohamaiban mindent kiselejtez és szemétre dobja, vagy úgy elpakolja a dolgaimat, hogy nem találok semmit. Azt mondja, azért, mert rendetlen vagyok. Lehet, hogy igaza van. Az öregnél látszólag minden változatlan. Tekercsel, kezeli a gépeket, és kávéházba jár. Szidja az időt, a politikát, a filmeket, és lakásra gyűjt. Minden csütörtökön elsétál a lottózóba. A mozi ugyanolyan veszteséges, mint tavaly, de még nem zárták be. Talán októberben. Etel néni háza is lakatlanul áll. Az egereket és pókokat nem számítva. Mindenesetre a végrendeletben megjelölt szerepét nem tölti be: nem lett belőle művészetek háza. Az udvar fáin viszont egyre szaporodnak a vadgalambok, aminek egyenes következménye, hogy a fák alját a madárürülék egyre vastagabb rétege vonja be. Nappal a környék macskái, éjjel baglyok vadásznak rájuk. Esténként néha felkaptatok a gépházba, és váltunk pár szót az öreggel. Nemrég elújságolta, hogy vissza akarják alakítani az ipartestületi épületegyüttest szórakozó központtá, úgy, mint régen: tekepályával, biliárdteremmel, és a központi konyha helyén étteremmel. A mozit is felújítanák, kényelmessé, tágassá, modernné tennék, hogy legyen kedvük az embereknek, de legalább a szerelmespároknak beülni. Miután kisportolták és teleették magukat. Ő is látta a terveket.

Már csak a pénz hiányzik. A naplóról nem beszéltem neki. Majd egyszer. Talán örülne, hogy nem került a szemétdombra. Hiszen mostanában mintha a kedélye is jobb lenne. A múltkor például ahelyett, hogy morgott volna a hőség miatt, énekelni kezdett: Télen nagyon hideg van, nyáron nagyon meleg van. Mindig kell egy kis szerelem, juj! És a hangja félelmetesen emlékeztetett egy nagy komikuséra.

A fiatal mozigépész

A püspökkertben sétálva

Katonaévek

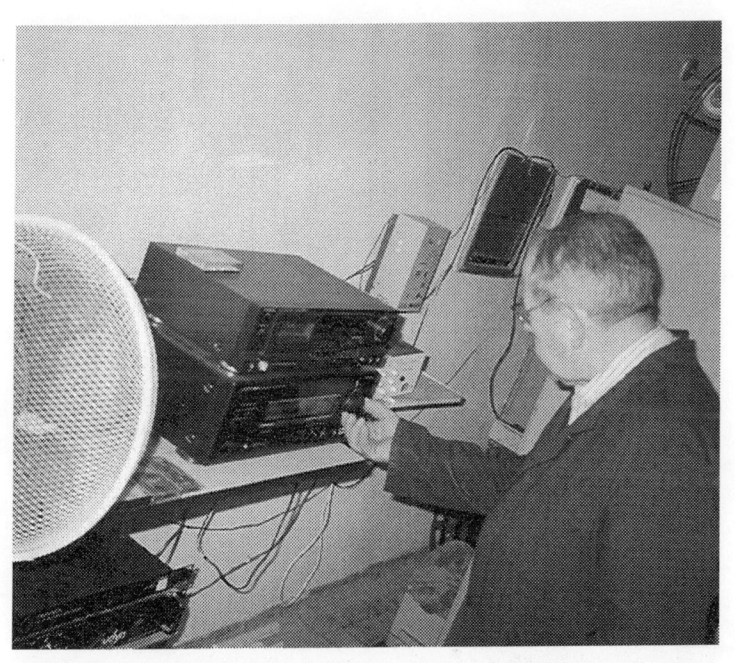

Az „öreg" mozigépész az utolsó munkahelyén,
mely egyben otthona is volt

Az „öreg" mozigépész az utolsó munkahelyén,
mely egyben otthona is volt - gépterem